COLLECTION FOLIO

Serge Brussolo

Trajets
et itinéraires
de l'oubli

Denoël

Cette nouvelle est extraite du recueil
Aussi lourd que le vent (Présence du futur n° 315).

Né à Paris en 1951, Serge Brussolo connaît une enfance tourmentée. Il fait des études de lettres et de psychologie. Il commence très tôt à écrire, mais ses débuts sont laborieux. Écrivant dans d'obscures chambres de bonnes, il trouve son inspiration dans sa propre misère et son environnement familial perturbé. La noirceur de ses premiers récits va alors donner le ton à son style pour toujours.

En 1972, il entre dans le monde de l'édition par la petite porte, celle des fanzines de l'époque. Sa nouvelle *Funnyway* obtient le Grand Prix de la science-fiction française en 1978. Suivent alors un grand nombre de romans, souvent primés, toujours dans le genre « fantastique/science-fiction », publiés chez Anticipation et Présence du futur, comme *Boulevard des banquises*, un grand roman fantastique où culpabilité, fascination morbide et quête de soi constituent les étapes d'un périple onirique extraordinaire... ou *Le syndrome du scaphandrier*, l'histoire d'un chasseur de rêves.

Peu à peu, il abandonne la science-fiction pour se consacrer à d'autres formes narratives, notamment le thriller et le roman historique. Dans son premier thriller, *Le nuisible*, on trouve tous les ingrédients de ses futurs romans à suspense. *Hurlemort*, paru en 1993, se déroule au début du XVIᵉ siècle : le baron Gilles a mystérieusement disparu et le moine fou Jôme le Noir terrorise le village de Hurlemort. *La Maison de l'Aigle* raconte l'histoire de Judith, dont la demeure a été réquisitionnée pour abriter les services artistiques du III⁰ Reich, et qui se voit contrainte de devenir le modèle d'un peintre qui la fascine et la terrorise.

Pour maintenir sa liberté de création, Brussolo travaille avec plusieurs éditeurs qu'il met en concurrence, grâce aux succès de ses ventes. Doué d'une imagination prolifique, auteur populaire tout en étant hors normes, il s'impose également par son sens de la dérision. Il dénonce les nombreux travers de notre société. La société américaine, en particulier, est passée au pilori dans ses thrillers récents.

Serge Brussolo est aujourd'hui reconnu par la critique. Conteur insatiable qui associe la quantité à la qualité, il publie même sous d'autres pseudonymes. Durant l'année 2000, il est nommé directeur littéraire aux Éditions du Masque. Sa production pour adultes se ralentit, il décide de se consacrer essentiellement à l'écriture de livres pour la jeunesse. La sortie de la série *Peggy Sue et les fantômes* marque un nouveau tournant dans sa carrière. Progressivement, il semble retrouver le goût de la SF, mais en version jeunesse.

Découvrez, lisez ou relisez les livres de Serge Brussolo

1

Georges aurait voulu porter des œillères. Deux plaques de cuir ou de métal harnachées de chaque côté de ses joues et limitant son champ de vision à un étroit chemin juste assez large pour ses pieds. Chaque fois qu'il abordait l'escalier monumental du musée, il aurait aimé amputer son regard de toute perspective, de toute échappée, pouvoir le réduire à cet itinéraire étriqué qui le conduisait du parking jusqu'au hall d'entrée, les yeux fixés sur le cuir mal ciré de ses chaussures. Le bâtiment éveillait en lui une nausée indéfinissable proche de l'agoraphobie. Une ivresse malsaine, plutôt un vertige, né de l'alignement parallèle des degrés, de leur blancheur aveuglante sous le soleil. Parfois il avait la certitude que l'escalier, tel un accordéon immaculé, allait se déformer sous ses pas, gonfler, rouler, se distendre en une cacophonie monstrueuse qu'il serait seul à entendre et qui le jetterait là, au beau milieu du trottoir après que les marches — devenues brusquement molles — auraient charrié son corps comme celui d'un noyé ballotté par les vagues.

Cette architecture, à peine entrevue lors de son arrivée, le plongeait depuis dans un malaise inexplicable, sans remède, et il évitait de s'y trouver confronté trop fréquemment. Souvent il se demandait si ce dégoût, cette impossibilité d'évoluer au milieu des énormes structures bétonnées n'était pas le résultat d'un arrangement anormal — et parfaitement concerté — des lignes de fuite. Une de ces monstrueuses illusions d'optique jouant avec le relief, et où — l'espace d'une seconde — l'esprit n'arrive plus à distinguer le contenu du contenant, le creux du volume. Il se rappelait les tests passés à l'armée : des proliférations de taches noires, de symboles baroques qui lui avaient paru proches du sanscrit et auxquels il s'était avéré incapable de donner une quelconque signification avant qu'on ne lui montre, à l'aide d'un crayon, qu'il s'agissait en fait de l'empreinte inversée de lettres parfaitement banales. Depuis il détestait les astuces visuelles, les « reliefs impossibles » ou le op'art. Ainsi le musée lui donnait-il l'impression de fonctionner comme un piège pour l'œil. Il y avait dans sa conception quelque chose de vicié, un détail infime et imperceptible pervertissant sa géométrie. Une ligne, une arche, l'angle d'une porte, quelque chose de non décelable et d'évident tout à la fois comme ces dessins des devinettes enfantines où un chat se dissimule dans la houle d'une mèche de cheveux et où un buisson apparemment anodin recèle « petit Pierre jouant au cerceau »... Georges avait entendu parler d'antiques devinettes mésopotamiennes aux images si fouillées que plusieurs années d'études ne suffisaient pas à en apporter la solution. Il se rappelait même avoir aperçu l'une de ces fresques-mystères dans une quelconque salle d'exposition du rez-de-chaussée. Le musée obéissait aux mêmes règles. Il aurait fallu prendre photo sur photo, cerner chaque volume, chaque courbe, loupe en main, traquant la clef, l'indice... La preuve. La preuve de l'impossibilité architecturale de l'ensemble, la preuve que toute cette construction ne pouvait pas tenir debout, qu'elle n'était qu'un leurre. Un repli capricieux de l'espace et du temps, un méandre de matière inconnue s'organisant selon des préceptes impossibles à concevoir. Il était sûr de l'incohérence mathématique et physique du bâtiment. Le musée ne pouvait pas être mis en équation : IL TRICHAIT !

Un matin, Georges se le rappelait très bien, il était venu s'installer dans la salle réservée aux bas-reliefs mésopotamiens avec un duvet de

l'armée, deux sacs en papier bourrés de sandwiches et de boîtes de conserve, une caisse de
bière et un plein flacon de comprimés d'aspirine, bien décidé à ne quitter les lieux que
lorsqu'il aurait trouvé la réponse à la question
traduite au-dessous du cartouche criblé de signes
cunéiformes :

« Haménotheb part pour Ninive, au moment
de monter sur son char il s'aperçoit qu'on lui a
volé un cheval. Où est-il ? Retrouvez-le ! »

Selon les indications portées sur le catalogue
de l'exposition, cinq philosophes avaient cherché pendant six ans avant de découvrir la solution. Solution qu'on avait ensuite perdue dans
l'incendie de la grande bibliothèque d'Alexan-
drie en même temps que tant d'autres chefs-
d'œuvre. Georges ne prétendait pas rivaliser en
méthode avec cinq sages de l'Antiquité, il misait
simplement sur la chance. Trouver le cheval
d'Haménotheb aurait constitué pour lui une
revanche non négligeable.

Il était resté là cinq jours et six nuits, la tête
en feu, les yeux douloureux, détaillant la fresque
merveilleusement conservée après tant de siè-
cles, poursuivant dans les replis des étoffes, les
diaprures des marbres, les ciselures des coupes
tenues par les buveurs, la silhouette de la mon-
ture d'Haménotheb. En vain. La scène s'était
lentement mise à tourner dans sa tête, mêlant
les formes et les couleurs, creuset infernal où

colonnes, hommes, femmes, palais, jardins, se mêlaient en une gigantesque et démoniaque anamorphose. Pour finir, il avait sombré dans une torpeur hallucinée née des vapeurs de la bière et, roulé dans le duvet comme dans un cocon, s'était endormi à même les dalles. Elsy, sa femme, qui ignorait tout de son escapade, ne l'avait retrouvé que vingt-quatre heures plus tard, gonflé d'aspirine et d'hypnotiques, balbutiant des mots sans suite comme une pythie aux oracles indéchiffrables.

Une fois de plus le musée l'avait vaincu. Dès lors il ne lui restait plus que la solution des œillères et parfois il se prenait très sérieusement à penser à la disposition des lanières autour de sa tête, à l'emplacement des fermetures, à la largeur des pièces de cuir. Bien sûr, Elsy s'était moquée de lui : « Tu devrais aussi prévoir une visière, avait-elle lancé méchamment, au cas où tu serais tenté de regarder vers le haut, et une minerve pour combattre toute envie de relever la tête. En fait tu devrais te déplacer le crâne recouvert d'un sac opaque ou faire don de tes yeux à la banque des greffes... »

Il n'avait rien répondu, mais depuis, ses cartons à dessin regorgeaient d'esquisses et de maquettes qui concrétisaient d'une façon toute fétichiste le seul moyen de protection qu'il avait pu imaginer contre l'influence perverse du lieu.

Un jour, dans le secret de l'atelier de sa cave,

à l'aide de vieilles courroies récupérées au hasard des valises disséminées à travers l'appartement, il mettrait ses projets à exécution. Une simple riveteuse ferait l'affaire, le tout était de prendre des mesures exactes et...

Il aurait aimé discuter avec d'autres personnes, savoir si son aversion était partagée. Un psychiatre lui aurait bien sûr affirmé qu'il ne faisait que transférer sur la bâtisse son propre sentiment de culpabilité, que le bâtiment n'était que la représentation symbolique de son moi, que...

En fait tout cela était faux. Il détestait le musée avant même qu'Elsy... Mais à quoi bon ? Personne ne l'aurait cru.

Georges claqua la portière du taxi, les yeux rivés sur l'asphalte du trottoir. Il avait attendu patiemment, espérant que l'obscurité gommerait les fortifications le plus possible. C'était une piètre ruse, où la nuit, paradoxalement, devenait sécurisante. Au besoin, si le crépuscule s'avérait trop clair, il pourrait encore chausser les lunettes noires qui gonflaient la poche-poitrine de sa veste. Il avait parfaitement conscience du danger qu'il y avait à ne pas lutter contre de tels phantasmes. Déjà, jeune homme, il avait été assailli par des crises de doute maladif, en venant à ouvrir trois fois de suite la même enveloppe pour s'assurer que la lettre qu'il venait d'y glisser s'y trouvait bien encore. Certains soirs il lui était arrivé de regarder une heure durant le robinet de la salle de bains avant de parvenir à se persuader qu'il était bel et bien fermé. Elsy, déjà couchée, l'interpellait alors d'un ton criard : « Mais qu'est-ce que tu fais ? Tu viens ? », ne faisant qu'ajouter à son malaise, perturbant la sensation d'évidence qu'il tentait de faire naître en lui. L'angoisse, l'énervement, le poussaient alors à chuchoter ses constatations, comme pour leur donner plus de réalité : « ... Je tourne le bouton à fond. La dernière goutte tombe. L'eau est bien coupée... » Il restait ainsi de longues minutes, marmonnant sa prière dérisoire, penché sur le lavabo comme au-dessus d'un curieux bénitier, avec en fond sonore le leitmotiv des appels agacés d'Elsy : « Éteins la lumière, bon Dieu ! Si tu veux te branler, fais-le dans le noir ! J'ai sommeil, moi ! » Il quittait la salle de bains comme une mère qu'on arrache à son enfant, le ventre noué par la nervosité, d'ores et déjà incapable de trouver le sommeil avant les premières lueurs de l'aube. Combien de fois le même cérémonial s'était-il reproduit ? Il savait que de telles absurdités cachaient en fait une maladie de la personnalité, un affaiblissement du réel, voire un début de schizophrénie. Un soir, laissant Elsy pour une tournée d'inspection de quelques jours, à peine installé dans le train de grande ligne il s'était pris à penser qu'il avait peut-être étranglé sa femme avant de partir, sans même s'en rendre compte. En état second.

L'état second devenait, il est vrai, depuis quelque temps l'une de ses hantises principales. Immédiatement la sueur avait inondé son visage. En dix minutes il en était arrivé à douter de ses actes, de ses gestes, et l'éventualité d'un meurtre commis en quelques secondes, juste avant que se referme la porte du palier, lui était apparue parfaitement plausible. Il avait sauté du wagon au moment même où celui-ci se mettait en marche, incapable d'attendre le lendemain pour téléphoner à Elsy et s'assurer ainsi qu'elle était bien en vie. De toute manière un coup de téléphone ne laissait pas de trace palpable, sitôt le combiné raccroché il en serait venu à douter d'avoir reçu la communication. Il aurait fallu qu'il puisse enregistrer celle-ci sur un petit magnétophone portatif, mais où trouver une boutique ouverte à cette heure tardive ? Finalement il avait rebroussé chemin, hagard, dans un état proche de la transe. À la seconde où il avait enfoncé le bouton de la sonnette il était au bord de la syncope nerveuse. Elsy l'avait dévisagé avec une curiosité non dénuée d'hostilité, laissant clairement paraître son incrédulité lorsqu'il avait balbutié une histoire de dossier oublié, de carnet de rendez-vous égaré. Peut-être même s'était-elle imaginé qu'il avait voulu la... « contrôler », la surprendre en flagrant délit d'adultère ?

Jusqu'au lendemain matin elle avait gardé le même air pincé et méfiant. Ce soir-là, il avait réellement senti l'aile de la folie le frôler. Comme dans un dédoublement il avait assisté — lucide et détaché, voire critique — à la montée de l'égarement dans cette seconde partie de lui-même qui l'avait poussé à quitter le train et à héler un taxi en gesticulant comme un fou au milieu de la circulation.

Oui, ce soir-là, il avait réellement compris ce que le mot « folie » signifiait.

La peur avait agi comme une révélation, un électrochoc, et à partir de cet instant les crises de doute avaient perdu en intensité, en fréquence. Peut-être en irait-il un jour de même avec le musée, mais il n'en était pas très sûr.

Il se jeta à l'assaut de l'escalier, tête basse, les yeux mi-clos, dans une trajectoire d'ivrogne qui — incapable de coordonner ses gestes — se laisse entraîner par le poids de son corps dans une rue en pente où il n'a que faire et qui l'éloigne considérablement de sa course initiale.

Il escaladait maladroitement les marches, courbé en deux, comme si sa colonne vertébrale était brusquement devenue incapable de lutter contre le poids de sa tête, lourde, si lourde... Il lui semblait que son crâne allait soudain jeter l'ancre au beau milieu de l'ascension, s'écrasant sur le marbre bleu par la nuit, avec la même pesanteur qu'un boulet de fonte.

Lorsqu'il eut enfin poussé les hautes portes vitrées, le malaise se dissipa.

Le hall respirait l'anonymat des bâtiments publics. Même pénombre d'aquarium, même odeur de poussière, mêmes boiseries à la peinture écaillée. Le gardien à la peau grise n'avait pas bougé. « Il ne remue jamais, avait chuchoté une fois Elsy, je suis sûre qu'il est mort ! » Il est vrai que le frêle vieillard flottant dans son uniforme de serge bleue faisait plus penser à une momie tirée de sa vitrine qu'à un humain. Georges aurait été prêt à parier qu'il s'agissait en fait d'une statue de cire. Un sorte de clin d'œil de la direction à l'adresse des visiteurs cultivés. En s'approchant de la guérite de bois brun peut-être aurait-on découvert, collée sous la semelle de l'homme immobile, une étiquette ainsi rédigée : « N° 1 : Gardien de musée. Type 1950-1970 (militaire ou fonctionnaire de police en retraite, préposé à la surveillance des salles d'exposition). » D'ailleurs à quoi un gardien aurait-il bien pu servir puisque personne ne visitait jamais l'endroit ? Puisque aucune colonne de touristes n'arpentait plus les corridors et que le rouleau de tickets abandonné derrière la vitre sale de la caisse jaunissait doucement ? Le musée semblait agir sur les foules à la manière d'un repoussoir et Georges y voyait la confirmation de ses théories paranoïdes.

Un instant avant de pénétrer dans le vestibule,

sa main effleura la pile de catalogues poussié-reux posés à même le sol, mais c'était un geste inutile, il en connaissait déjà le contenu pour l'avoir lu et relu en compagnie d'Elsy, peloton-née dans le fouillis des draps, alors qu'il essayait désespérément de trouver un dérivatif aux crises de dépression dont la jeune femme souffrait de plus en plus fréquemment.

Il entra...

Les pièces exposées trônaient au centre de piédestaux cubiques de bois sombre et ciré. À peine franchi le seuil de la pièce, on butait sur le premier objet : une valise de papier gaufré à fermoirs de carton, entrebâillée sur une en-clume oxydée par la rouille. L'enclume était bien réelle, et il ne faisait nul doute que son poids aurait aussitôt réduit le fragile bagage en lambeaux si un quelconque voyageur avait éprouvé subitement le besoin de saisir la poi-gnée de ce sac de fantaisie pour courir vers la gare la plus proche. Pourtant cette contradic-tion entre le contenu et le contenant amenait Georges au bord de la fascination. C'était comme un écrin qui se révélerait tout à coup plus fragile et plus précieux que ce qu'il a pour mission de protéger. Une sorte de paradoxe logique qui se répétait de salle en salle comme un écho.

Georges évoluait avec lenteur, selon une chorégraphie établie depuis des mois. Ainsi, il savait qu'il allait s'éloigner de la malle de papier à reculons sur une distance de trois pas, qu'il pivoterait ensuite d'un quart de tour vers la droite, embrassant la vision du char d'assaut grandeur nature abandonné là, sur son estrade de chêne verni. Et chaque fois, à cette vision, le même choc mental venait miner ses processus logiques.

Le tank — la réplique exacte d'un char américain de la Seconde Guerre mondiale du type Sherman — avait été exécuté en porcelaine si fine qu'à certains endroits elle paraissait translucide.

« Tu ne comprendras jamais rien, avait coutume de cracher Elsy à ce stade de la visite, ce n'est pas une réplique ! Ce n'est pas une œuvre d'art ! c'est un objet usuel, utile, sans prétention esthétique. C'est tout bonnement un char, tel qu'on l'a dégagé des sables d'Abylhen... Un VRAI char ! »

Parfois Georges se demandait si sa femme ne se moquait pas de lui. Comment une telle construction aurait-elle pu être réelle puisqu'elle ne répondait à aucun des critères exigés d'un char d'assaut commun ? Puisque cette fragile coquille opalescente aussi fine qu'une tasse à thé se serait brisée au contact du premier obstacle rencontré ?

Georges s'approcha. La lumière, pourtant pâle, que diffusaient les néons noircis suffisait à

20

rendre certaines parties de la machine transparentes. Il ne put s'empêcher de tendre la main, effleurant du bout des doigts les boulons de porcelaine, le blindage de porcelaine, les canons des mitrailleuses de porcelaine, les chenilles de porcelaine, immaculés, irréels... Il savait qu'il était inutile d'espérer se hisser jusqu'à la tourelle pour se laisser couler à l'intérieur de l'engin. Son poids aurait suffi à pulvériser l'assemblage aussi sûrement qu'un marteau s'abattant sur une théière. Pourtant il n'ignorait pas que le ventre du char recelait des obus de faïence, des bandes de mitrailleuse aux munitions opalescentes, crémeuses comme un service à dessert, si douces au toucher...

Non, jamais il n'arriverait à admettre qu'un tel véhicule n'était pas un produit de l'art. Jamais.

Et pourtant...

Il songea qu'il devait rompre le fil magique le retenant au tank s'il ne voulait pas passer le reste de la nuit à contempler cette carcasse absurde, impossible. Ce monstre égaré en pleine rationalité.

Il bougea, s'arrachant lourdement à son hypnose, mais déjà les autres œuvres entonnaient leur chant des sirènes, le forçant à faire glisser ses semelles l'une après l'autre sur l'étendue du parquet grinçant, le contraignant à se jeter à corps perdu dans cette mer sentant la cire et l'encaustique qui séparait les îlots formés par les différents piédestaux des pièces exposées. Il avançait, envoûté, gagné par l'ivresse du musée, grisé de vertiges malsains, il avançait vers le miroir glauque des vitrages, les mains tendues en avant, d'une démarche de zombi, ne s'arrêtant que lorsque son visage venait buter sur la surface froide des glaces.

Là c'était un revolver de cristal avec son barillet transparent dévoilant les douilles de cuivre des balles. Un revolver démentiel voué à la désintégration au premier coup tiré. Une arme condamnée à se muer en un nuage d'aiguilles de cristal dès que le chien se serait écrasé sur l'amorce du projectile engagé en position de tir.

Plus loin c'était un obus de feutre gris qu'on avait entaillé au scalpel afin qu'on pût voir la charge explosive constituée d'une ogive de plumes et d'oisillons morts...

« Tous ces objets sont des objets réels ! » martelait Elsy à chacune de leurs visites. « Aussi prosaïques qu'un marteau ou qu'une pelote de ficelle. Leur étrangeté, leur apparence artistique s'explique simplement par le fait qu'ils viennent d'un AUTRE MONDE... »

Et Georges hochait la tête, répétant comme une leçon ou un mot de passe : « ... Un autre monde... »

Mais il n'y croyait pas vraiment.

À présent il se déplaçait à petits pas, la joue collée au verre de la gigantesque devanture, dans l'odeur âcre de la poussière et des fermetures de cuivre. Sous ses yeux défilaient les pièces d'une lingerie inconcevable : slips féminins de toile émeri, pyjamas de métal moulé non articulés, sorte d'uniforme d'immobilité où l'on devait se boulonner pour dormir. Chemises de nuit sculptées dans une pierre rugueuse analogue au granit, jarretelles et soutien-gorge de fonte au poids énorme, nuisette de béton, pantoufles de ciment assez pesantes pour servir d'ancre à une barque. Toute une garde-robe sortie des tiroirs de l'impossible, sorte d'antithèse du confort le plus élémentaire, panoplie dédiée à de mystérieux tourments domestiques, vêtements fossiles transformés par les prodiges du temps en armures ou en carapaces.

Georges avançait, ivre. Pour peu il aurait rebondi de vitrine en vitrine comme une balle. Quel peuple de cauchemar avait bien pu endosser de telles défroques ? Quel masochisme avait pu engendrer de pareils costumes ? Il titubait, essayant d'imaginer des êtres plus durs que l'airain, pliant ces effets de bronze sans plus de difficulté que s'il se fût agi de nylon ou de soie mais son esprit dérapait, s'enlisait dans les marais de l'impuissance. Déjà une autre salle l'avalait, s'ouvrant sur un coffre-fort de terre cuite, rouge comme un pot de fleur ; friable, fragile, prêt à éclater comme une coquille d'œuf au moindre coup de poing. On retrouvait là, au hasard des allées, des casques militaires de porcelaine ou de verre teinté, des treillis léopard de papier crépon, des matraques en moelle de sureau... Encore une fois, Georges se perdait en conjectures. Fallait-il imaginer que ces armes, ces vêtements avaient été conçus pour des êtres d'une extrême fragilité, d'une infinie délicatesse qu'un coup de matraque de coton hydrophile suffisait à meurtrir, des hommes, des combattants plus fragiles que le papier de soie de leurs uniformes, ou bien fallait-il voir dans tout cela un cérémonial esthétique, une méditation sur le déchirement mental qu'imposait la structure antithétique des objets, tel ce gourdin cotonneux dont la matière réduisait l'efficacité et l'utilité à néant ?

Elsy se serait mise à rugir de colère à l'énoncé de telles suppositions. Une fois, au retour d'une visite au musée, ils s'étaient violemment disputés. « Tu ne veux pas comprendre, avait-elle hurlé pour finir, tu t'enracines dans le connu, dans le banal, le quotidien. »

Il se laissa tomber sur une banquette vissée au sol. Il avait perdu la notion du temps. Quelle heure pouvait-il être ? Il n'en savait plus rien. En face de son siège, une tête gonflée, véritable antinomie des têtes réduites jivaros, remplissait un châssis de deux mètres sur trois. Les os et

24

les tissus, rendus élastiques par un séjour pro-
longé au sein de solutions assouplissantes,
avaient formé une sorte de vessie qu'il avait suffi
de gonfler comme un vulgaire ballon (après
avoir cousu au préalable toutes les ouvertures,
narines, bouche, oreilles) pour obtenir cette
monstruosité de la taille d'un éléphanteau qui
le regardait à présent à travers le verre de son
aquarium. Un peu plus loin des pieds de Chi-
noise hypertrophiés révélaient le miroitement
nacré de leur peau distendue, prête à éclater.
Là encore le processus visait à singer une coutume connue en l'inversant. De minuscules,
les orteils, le talon, étaient devenus simplement
énormes. Une phrase lue dans quelque livre
oublié dansa dans l'esprit de Georges :

« Le diable est le prince de l'inversion... »

Il se sentait fatigué, aussi déshydraté qu'après
une marche de plusieurs kilomètres. N'était-ce
pas ce qu'il venait de faire, du reste ? Quel laps
de temps s'était donc écoulé depuis son entrée
dans le hall ?

Une lampe bleue clignotait à mi-mur, indi-
quant l'emplacement d'un premier point de
ravitaillement. Une armoire métallique nantie
de tiroirs, de fentes et de boutons où le visiteur
pouvait reprendre des forces avant d'entamer
la visite d'une nouvelle salle. Il s'approcha. La
poussière recouvrait les voyants de la machine,
masquant les étiquettes répertoriant les diffé-

rentes denrées. Tout près, sur les coussins d'une banquette, un reste d'emballage faisait une tache vive. Au moment où il cherchait de la monnaie au fond de sa poche, il remarqua que les fentes de paiement étaient obturées par tout un réseau de toiles d'araignée dont l'entrelacs s'étendait jusqu'aux poignées des tiroirs distributeurs. Il était évident que personne ne s'était arrêté ici depuis plusieurs mois, peut-être même plusieurs années. Machinalement son regard plongea dans la corbeille de fil de fer jouxtant l'appareil, cherchant sur les deux gobelets jaunis qu'on y avait jetés des traces de rouge à lèvres. La teinte jadis utilisée par Elsy avait un nom sophistiqué, un peu ridicule, parfait produit du snobisme publicitaire en usage dans le domaine des cosmétiques. Il n'était jamais arrivé à s'en souvenir correctement du reste, mais c'était quelque chose comme « Rose ardoise »... Oui, « Rose ardoise ».

Mais aucun des récipients ne portait de traces de fard... De toute manière, ELLE avait pu prendre un tout autre trajet, il n'y avait qu'une chance sur plusieurs centaines d'autres pour qu'ELLE fût précisément passée dans cette pièce. Et de plus, rien ne prouvait qu'elle se soit maquillée CE MATIN-LÀ...

Il demeura un instant stupide, oscillant d'un pied sur l'autre, sa dîme entre les doigts. Il se décida finalement à crever le rempart collant des toiles d'araignée, pressa deux boutons au hasard, l'un dans la colonne « Aliments », l'autre dans la rangée « Boissons ». Avec un ronronnement bref, l'armoire lui débita un gobelet empli à ras bord d'un liquide rose et une tablette reconstituante protéinée (2 500 calories précisait l'emballage) aromatisée au chocolat. Il mangea et but sans prêter réellement attention à ce qu'il faisait. Il savait qu'il pourrait continuer à marcher toute la nuit de salle en salle sans parvenir pour autant à cerner l'étendue des lieux. Derrière une galerie s'ouvrirait une autre galerie, au bout d'un corridor un autre corridor. Le musée était un labyrinthe à étages. Après avoir tour à tour monté et descendu une douzaine d'escaliers, le visiteur perdait immanquablement tout sens de l'orientation, et s'avouait même très rapidement incapable de situer le niveau auquel il se trouvait égaré.

« Je suis sûr que les indications sont fausses, avait-il un jour déclaré à Elsy, on a permuté le numéro des étages. Ne trouves-tu pas bizarre qu'étant au premier, il nous faille MONTER au rez-de-chaussée et DESCENDRE au second ? »

Comme d'habitude elle s'était moquée de lui, répliquant qu'il était très facile de retrouver son chemin au moyen du « guide électronique » et que, dès lors, s'attarder à regarder des indications probablement anciennes et actuellement dépourvues de signification, était tout bonnement ridicule.

Georges n'aimait pas le « guide électronique » : un parallélépipède métallique de la grosseur d'un briquet qu'on pouvait se procurer au distributeur érigé au beau milieu du hall d'entrée contre quelques pièces de monnaie. Une fois le « guide » en poche, le visiteur pouvait se lancer à travers la monstrueuse géographie du musée sans jamais se soucier de repérer son itinéraire, se perdre en toute tranquillité à travers le dédale des chambres d'exposition et des vitrines sans la moindre angoisse puisque, lorsqu'il estimerait sa visite terminée, il n'aurait effectivement qu'à tirer le « guide » de sa poche et à presser sur le bouton rouge installé en son centre pour se voir indiquer la sortie. La petite boîte métallique, supportée par un jet d'air pulsé, jaillirait alors de sa main, et flottant à un mètre du sol, entamerait le trajet de retour, ramenant immanquablement l'égaré au centre du hall de départ, par le plus court trajet, calquant son allure sur celle de l'homme, s'arrêtant quand celui-ci décidait de marquer une pause pour manger ou dormir, repartant lorsque ce dernier choisissait de reprendre sa marche. Docile, patiente comme un chien bien dressé. Pourtant Georges détestait ce gadget, allant même jusqu'à le décréter dangereux. « Imagine, avait-il coutume de répéter à sa femme, imagine que cette foutue boîte tombe en panne ! Qu'un circuit grille et qu'elle se mette à tourner en rond ! Que ferais-tu ? » Mais Elsy haussait chaque fois les épaules : le guide ne POUVAIT PAS tomber en panne.

En théorie le système était parfait. On pouvait pénétrer dans le bâtiment pour un séjour d'un an, les mains dans les poches. Les machines fournissaient aliments et boissons à quelque étage que l'on se trouve pourvu qu'on ait pris la précaution de se munir de la carte de crédit réglementaire délivrée par l'administration des Arts et de la Culture. La nuit, il était facile de dormir au hasard d'une banquette, et chaque salle possédait à l'un de ses angles une cabine douche-W.-C. où le visiteur trouvait nécessaire de toilette, rasoir électrique, armoire-sèche-linge et produits divers tels que déodorants, mousse à épiler, tampons périodiques, serviettes rafraîchissantes, etc.

Le prix de ces services se révélait incroyablement bas et une année passée au musée coûtait moins cher qu'un mois dans un club de vacances ; pourtant le nombre des visiteurs restait peu élevé.

« Il y a même des cas d'exonération où la carte de crédit est délivrée gratuitement, lui avait expliqué Elsy, et le dossier n'est pas du tout difficile à constituer, il suffit d'une simple photocopie de la carte d'étudiant, ou de travailleur artistique, ou...

— Tu veux dire que l'État prend à sa charge les séjours de tous ces gens-là ? avait-il relevé, stupéfait.

— Pas l'État, idiot ! avait alors coupé Elsy, le ministère des Arts et de la Culture ! »

Il n'avait pas osé demander d'explication, encore moins contester la réponse de la jeune femme, et parfois il se prenait à penser à cet étrange ministère des Arts et de la Culture, État dans l'État, administration parallèle dont les desseins lui apparaissaient de moins en moins clairement.

Il se sentait mieux, la fatigue refluait, se changeait en légère migraine. Il se leva.

Il connaissait bien les pièces du rez-de-chaussée pour les avoir maintes fois arpentées en compagnie d'Elsy lorsqu'elle s'était mis dans la tête de réunir des notes pour l'essai qu'elle avait subitement décidé de rédiger. Georges l'avait encouragée, pensant qu'un travail intellectuel la détournerait de ses crises de dépression.

Elle avait commencé par venir tous les après-midi puis, très rapidement, avait pris l'habitude de passer une nuit ou deux par semaine sur les canapés des salles d'exposition. Quand Georges, inquiet, se précipitait au musée, pensant qu'elle avait peut-être avalé un tube de barbituriques dans les W.-C. de la cabine-toilette, il la découvrait le plus souvent endormie, vautrée en slip et soutien-gorge sur un quelconque divan entre deux vitrines, la joue posée sur le porte-documents renfermant ses papiers. Un matin, alors qu'il essayait de la réveiller, un dossier avait glissé de la serviette de cuir. Un titre barrait la première page en diagonale :

Discours de la fragilité

De cette période il ne conservait que de mauvais souvenirs. Elsy maigrissait à vue d'œil, sombrait dans d'interminables torpeurs. Comme elle bénéficiait d'une carte d'accès gratuit il ne pouvait vérifier les achats de la jeune femme au moyen de l'habituel relevé de détail, pourtant il était sûr qu'elle ne se nourrissait pas. En allant la chercher le matin, il prit soin d'examiner les corbeilles à déchets placées près des banquettes. Elles étaient toujours vides. Le diagnostic s'imposait de lui-même : anorexie nerveuse.

Elsy était si faible qu'elle n'eut pas la force de se rebeller lorsqu'il la fit admettre à l'hôpital civil. Le traitement se révéla long et laborieux. Tentant le tout pour le tout, Georges photocopia les premières pages du *Discours de la fragilité*, fourra le tout dans une enveloppe et l'expédia à la section Études/Projets et Réalisations du ministère des Arts et de la Culture. Il espérait confusément que l'annonce d'une bourse, d'une distinction universitaire, viendrait secouer l'apathie d'Elsy. Il avait jadis entendu parler d'une fille de dix-huit ans qui s'était retrouvée bombardée maître de conférence à l'université d'Al-moha après avoir envoyé au même bureau le brouillon d'un plan d'étude en trois parties sur « L'Art des contractions faciales chez les acteurs comiques du bas-empire crétois ». Mais aucune réponse ne vint bouleverser la convalescence d'Elsy, et la jeune femme quitta l'hôpital deux mois après son admission, bourré de fortifiants et les cuisses noircies par les hématomes des piqûres revitalisantes.

« Comment te sens-tu ? » lui avait-il demandé en l'installant sur le lit, les reins calés par un coussin. Elle l'avait regardé un long moment, les yeux hagards, comme si les paroles mettaient un temps infini à parvenir à son entendement.

« Je suis... comme de la porcelaine, avait-elle laissé tomber au bout d'une minute. Comme le char d'assaut, tu sais ? J'ai l'impression que je vais me casser d'un instant à l'autre, qu'on va me heurter et que je vais éclater, paf ! comme une potiche... »

Elle avait eu un rire nerveux, puis elle avait ajouté d'une voix ensommeillée : « Je suis fragile, fragile. Je crois que je suis comme le tank, je ne me sentirais en sécurité qu'au musée... »

Il avait préféré changer de conversation.

Un silence épais pesait sur les lieux. Georges tendit l'oreille, essayant de percevoir l'écho des pas d'un visiteur, le chuchotis d'une conversation. C'était inutile, il le savait, les remparts entièrement insonorisés ne laissaient guère filtrer les sons, de même que les murs du bâtiment étouffaient complètement les bruits de l'extérieur, au point qu'un bombardement ou le défilé d'une fanfare de dix mille musiciens descendant l'avenue auraient vu leur vacarme ricocher sur les parois imperméables de la construction sans parvenir à vriller le moindre décibel au cœur des pierres blanches et polies. Georges se courba pour délacer ses chaussures. Ses pieds lui faisaient mal. Il se débarrassa de ses chaussettes et noua les souliers autour de son cou, comme il avait souvent vu les sportifs le faire. Le contact glacé du parquet verni lui causa un intense soulagement. Il se remit en marche.

À droite s'ouvrait une salle consacrée aux sculptures classiques. Sur un piédestal de marbre, un cube de cire immaculée de la taille d'une petite valise accrochait des éclats de lumière. Lorsqu'on s'en approchait il était possible de distinguer en son centre comme une ombre, une sorte de noyau d'obscurité aux formes malaisées à définir. Georges connaissait bien l'objet, c'était l'un de ceux qui fascinaient Elsy et dont elle avait abondamment parlé dans son essai sur la fragilité. L'hexaèdre de stéarine blanche et dure constituait en quelque sorte un écrin renfermant une sculpture de cire noire, les deux formant désormais une seule masse indivisible. Au dire du catalogue, la figurine invisible dont on ne pouvait guère deviner que les grands traits à travers la paroi opaque de l'écrin aurait été d'une incomparable beauté, certains parlaient même de « pièce capitale de l'art occidental », allant jusqu'à établir un parallèle avec la Vénus de Milo ou la Joconde. À présent, pour atteindre ce chef-d'œuvre, il aurait fallu faire fondre au préalable le bloc qui l'enserrait comme une gangue ; c'était impossible puisqu'une telle opération aurait du même coup provoqué le ramollissement puis la fusion de la statuette engloutie, réduisant le coffret et le joyau en une même flaque informe et sans valeur. Il fallait donc se contenter de cette ombre, de cette tache d'obscurité qu'on disait être la beauté, et qu'on devinait confusément au cœur du cube de cire neigeuse comme une affirmation ironique d'impossible et d'absolu. Toujours selon les dires du catalogue, les rayons des bibliothèques universitaires croulaient sous les thèses consacrées aux tentatives de descriptions du bibelot inconnu et l'on se perdait en hypothèses et conjectures sur la nature réelle de celui-ci sans jamais parvenir à une solution satisfaisante. Elsy avait d'ailleurs fait deux voyages d'étude de quinze jours chacun afin de consulter lesdits mémoires, mais elle en était revenue déçue et maugréante, affirmant qu'aucun des universitaires en question n'avait fait progresser la vérité « de plus d'un demi-pouce » ! Georges quant à lui ne pouvait se départir d'une certaine méfiance. Comment, en effet, la miniature aurait-elle pu résister sans dommage à la coulée de cire blanche et brûlante destinée à former l'écrin cubique ? Il lui semblait que la sculpture n'avait pu que fondre sous l'effet d'un tel traitement, et à son avis le bloc opalescent ne renfermait plus à l'heure actuelle qu'un moignon noirâtre dépourvu de toute valeur artistique. Il s'en était ouvert à Elsy, et la jeune femme avait répliqué en haussant les épaules que la question était considérée comme classée depuis un bon moment sous l'appellation de postulat d'Heissenmann. Georges avait dû s'en remettre au dictionnaire encyclopédique pour apprendre que Fred S. Heissenmann, docteur de cinq ou six universités, avait posé trente ans auparavant une donnée de base hypothétique selon laquelle le sculpteur ne pouvait en aucun cas s'être livré à une mystification, et que l'opération d'enchâssement s'était déroulée selon un procédé inconnu dont on avait perdu depuis le secret mais qui garantissait la parfaite intégrité de la statuette. Et pour ce faire, le chercheur appuyait ses dires sur de très nombreuses références aux écrits personnels de l'artiste. Une telle « explication » avait laissé Georges à demi convaincu, mais Elsy paraissait accorder tant d'importance à l'œuvre mystérieuse qu'il n'avait pas voulu entamer l'enthousiasme de la jeune femme par des réflexions empreintes de scepticisme.

Chaque fois qu'il pénétrait dans cette salle, la vitrine occupant l'angle droit attirait son attention. C'était un coffret offert sans protection à la curiosité des badauds. Une sorte de boîte merveilleusement laquée et nantie d'une fine poignée dorée à l'or fin au centre de la partie formant couvercle. Un panneau indiquait que la cassette — au demeurant NON VERROUILLÉE — renfermait une collection incomparable d'images pornographiques japonaises. Toutefois, soulever le couvercle revenait à déclencher à l'instant même un dispositif d'autodestruction chimique qui réduisait les photographies en cendres en l'espace d'une fraction de seconde avant même que le profanateur ait eu le temps d'entr'apercevoir le moindre détail.

Une telle perversité mettait Georges au comble de la joie. L'interdit exacerbait l'attention du visiteur au-delà de toute limite, et plus d'un indiscret avait dû enfoncer rageusement les poings au fond de ses poches pour résister à la tentation de faire basculer le couvercle à la laque sans défaut.

De telles aberrations esthétiques avaient exercé une grande influence sur Elsy ; très rapidement, elle lui avait avoué son désir de procéder à des expériences analogues, de construire de semblables pièges où l'esprit venait se perdre, invinciblement attiré par le vertige de la fascination. Théoriquement Georges aurait dû se réjouir d'une telle décision, pourtant l'aventure lui faisait un peu peur. Et si la jeune femme ne réussissait pas à obtenir ce qu'elle voulait, ne tomberait-elle pas de plus haut encore ? Avant qu'il ait pu se décider à intervenir, elle avait expédié plusieurs annonces à un journal artistique professionnel où les maîtres du moment recrutaient assistants, modèles et disciples divers. À partir de cet instant elle passa la plus grande partie de ses journées à guetter le facteur dans sa tournée quotidienne, dans l'attente d'une hypothétique missive.

Un soir, en rentrant, il l'avait trouvée chantonnante. Une séance chez le coiffeur avait transformé ses cheveux longs et raides en la boule hirsute d'une coiffure « afro », elle portait un tee-shirt neuf sans soutien-gorge (elle, dont la pudeur refusait le port du bikini, la poussant à s'exhiber sur les plages dans des maillots de bain couvrant le corps au maximum, à la limite du ridicule), et ses cuisses nues jaillissaient d'un mini-short s'arrêtant très haut, juste au creux de l'aine.

« J'ai reçu une réponse ! » lança-t-elle immédiatement en poussant la porte de la salle de bains du pied, tentant de dissimuler les deux sacs de voyage déjà bouclés.

« Et tu pars ? »

Elle se mit à agiter nerveusement sa brosse à cheveux, cherchant visiblement à retrouver le fil d'un discours qu'elle avait soigneusement mis au point et qui, à présent, lui échappait.

« Peut-être, je ne sais pas encore. Oui... Enfin c'est intéressant. C'est un stage d'assistante tous frais payés. Le type avait entendu parler de moi ! Tu te rends compte ! C'est fou ! Il connaissait même les deux mémoires que j'ai faits en première année d'institut et je... »

Elle s'arrêta soudain ; consciente de ce que tout son entrain avait d'insultant pour lui, mais c'était inutile, sa nouvelle coiffure, ses vêtements parlaient pour elle. Elle était déjà partie, et cette conversation, ce délai supplémentaire qui la séparait du car Greyhound, cette attente, n'apparaissaient plus que comme un contretemps inutile et fâcheux. Il s'assit, très las et tout à la fois fouaillé par des éclairs de colère. En cette minute il la trouvait belle, charnelle. Elle avait perdu son éternel aspect d'intellectuelle éthérée, elle respirait la chair, la femme. Il avait envie de mordre à belles dents dans les cuisses découvertes par le mini-short. Il avait envie de pétrir à pleines paumes les boules mouvantes de ses seins ballottant sous le coton blanc du tee-shirt. Il... Oui, elle était belle, vivante, mais c'était pour une autre vie.

« Je pars », fit-elle sèchement en claquant la brosse sur la table. « Le car est à vingt heures. Je t'appellerai une fois là-bas. »

Il ne trouva rien à répliquer. En fait il avait envie de crier :

« Qui est ce type ? Quel âge a-t-il ? » La violence l'embrasait et pourtant il restait calme, poli. Un peu trop figé peut-être… Il agita la main selon une mimique qui semblait vouloir dire : « O.K., O.K., amuse-toi bien, salut ! » Elsy était toujours droite, les yeux fixés sur la brosse. Son maillot de corps avait remonté, laissant voir l'amorce de son nombril. Un instant Georges eut l'impression qu'une phrase l'entourait, écrite à l'aide d'un de ces feutres spéciaux qu'on trouvait à présent dans toutes les boutiques de produits de beauté. Les filles s'en servaient le plus souvent pour balafrer les parties les plus intimes de leurs corps de slogans ou d'invites obscènes à l'usage exclusif de leurs amants. C'était une mode stupide. Elsy avait-elle pu aller jusque-là ? Avait-elle rasé son pubis pour y inscrire une ineptie du style « au suivant ! » ou « gratis pour les blonds ! » comme il l'avait vu sur certains magazines ? Un court instant, un voile noir obscurcit sa vision. Il l'entendit qui disait : « O.K., j'ai juste le temps, ce n'est pas la peine de m'accompagner à la gare routière, tu es fatigué. Bye ! Je t'appellerai, promis. » Un baiser rapide lui effleura la joue, puis il écouta claquer plusieurs portes. Quand il eut retrouvé ses esprits, il se rendit compte qu'elle n'avait laissé aucune coordonnée pour la joindre, ni nom ni numéro de téléphone. Rageusement il s'arracha du siège où il était tombé et courut jusqu'à la salle de bains. Le tiroir de l'armoire de toilette était vide : Elsy avait même emporté sa provision de pilules anticonceptionnelles. Assez de plaquettes pour tenir six mois ! Il crut qu'il allait se mettre à hurler. Ainsi sans même connaître l'homme chez qui elle se rendait, elle avait envisagé l'éventualité de coucher avec lui ! Georges n'avait pas dessoulé durant trois jours, arraché les fils du téléphone et vomi sur la moquette.

Il s'éloigna de la sculpture de cire, chacun de ses pas éveillait un craquement douloureux dans le parquet. C'était comme si le musée protestait contre sa présence, refusait d'être foulé par le pied d'un quelconque visiteur, revendiquait la virginité de ses couloirs. Il pensa qu'il était sûrement très tard et qu'il ne devait pas aller plus avant. D'ailleurs il avait presque atteint la limite de ce qu'il considérait comme « les terri-toires connus ». Au-delà commençait le labyrin-the où il était dangereux de s'aventurer sans guide électronique. Il n'osait imaginer ce qui arriverait au voyageur imprudent, n'avait-il pas entendu parler d'hommes et de femmes inca-pables de retrouver leur chemin et qu'on avait découverts morts de faim parce qu'ils avaient perdu leur carte de crédit ? « Calomnies ! » avait bien sûr répondu Elsy.

Georges se rappelait très bien les trois mois de solitude et de désespoir qui avaient suivi le départ au « stage » de la jeune femme. Elle téléphonait une fois par semaine, le plus souvent en coup de vent, prétextant que « dix personnes faisaient la queue… » et qu'elle ne pouvait pas s'attarder. Il était à peu près sûr qu'elle mentait et appelait en réalité d'un poste privé mais il ne se sentait pas la force d'entamer une polémique. Au bout d'un mois il avait abandonné tout espoir de la voir revenir. Tous les jours il se traînait jusqu'au drugstore pour acheter le bulletin artistique de la côte Sud et épluchait avec minutie les informations locales. Il avait la quasi-certitude qu'Elsy était partie vers le soleil, vers l'une de ces communautés d'artistes snobs fleurissant tout au long de la mer, et qui faisaient la curiosité des touristes. Un jour, alors qu'il dépliait les grandes feuilles bariolées du quotidien à la terrasse d'un café, il était tombé sur une photo qui paraissait tirée d'un reportage sur un camp naturiste. Elsy figurait au premier plan totalement nue, bronzée, au milieu d'un groupe hilare d'hommes et de femmes dont les âges s'échelonnaient de trente à soixante-dix ans. Le sous-titre disait : « Dans la chaude ambiance du club des sables de Saint-Hool,

Hänes Angst fête son trente-huitième vernissage ». Durant des soirées entières il avait examiné cette photo, loupe en main. Elsy semblait regarder avec dévotion le plus vieux des nudistes, un petit vieillard arborant une large barbe blonde, probablement le fameux Hänes Angst auquel faisait allusion la légende. Puis il remarqua que l'épaule, la hanche et la cuisse de sa femme s'appuyaient (se laissaient aller ?) contre le corps d'un grand gaillard à tête de Christ, qui se tenait légèrement en retrait. Bien sûr, il pouvait s'agir d'un simple contact au cours d'une bousculade. Bien sûr… Il commençait presque à s'habituer à sa vie morne et solitaire quand tout avait à nouveau basculé. Un soir qu'il luttait pour trouver le sommeil dans le fouillis poisseux de ses draps, la sonnette avait fait entendre son timbre à deux notes. Ouvrant la porte, il avait trouvé Elsy qui grelottait au centre du palier dans un imperméable d'homme trop grand pour elle.

« J'ai perdu mes clés ! » avait-elle balbutié au milieu d'un pâle sourire. Une seconde Georges eut envie de lui crier qu'elle avait tout bonnement oublié de les prendre trois mois plus tôt pour la simple raison qu'elle ne comptait plus revenir, mais il s'abstint, quelque chose dans l'attitude de la jeune femme l'avertissant d'un danger. Elle entra, et aussitôt, l'éclairage au néon de la cuisine accentua ses traits tirés, sa pâleur que ne parvenait pas à dissimuler son hâle.

« Ça va ? » lâcha-t-il mécaniquement. Elle se laissa tomber sur une chaise, blottissant ses mains jointes entre ses cuisses nues émergeant de l'imperméable. « Ça va », réussit-elle à articuler en tirant nerveusement sur le bas de son short, comme pour le ramener à une longueur plus décente. Il choisit de la laisser ; d'ailleurs il n'aurait su que dire. Il se retrancha dans la chambre, l'oreille tendue, cherchant à identifier chaque bruit, chaque geste. Elle passa un long moment dans la salle de bains, puis descendit au sous-sol. Enfin elle s'enferma dans le living-room, et, à ses reniflements, il devina qu'elle pleurait. Avec une joie sadique il se surprit à penser : « Il l'a foutue dehors ! » Pourtant la peur qui émanait de la jeune femme rendait peu crédible cette version des événements. Lorsqu'il l'avait vue, il avait tout de suite eu la sensation qu'elle FUYAIT quelque chose, ou quelqu'un… Au matin, il la découvrit s'affairant autour de la cafetière électrique. Elle avait défrisé ses cheveux qui, comme par le passé, pendaient raides sur ses épaules et enfilé une de ces robes ternes dont elle avait le secret. Georges remarqua que même sa peau paraissait plus pâle, bien qu'il s'agît là probablement d'une simple association d'idées. Par la suite, il devina qu'elle avait brûlé dans la chaudière tous les vêtements qu'elle avait portés « là-bas », ainsi que l'imperméable d'homme.

Son mutisme cette fois n'avait rien d'hostile, c'était plutôt le silence haletant d'une bête apeurée. Jamais elle ne se laissa aller à quelque confidence. Elle se contentait de sa peur solitaire, des suées nocturnes qui la faisaient se dresser sur le lit, sa chemise de nylon collée au corps comme un torchon mouillé. Georges comprit qu'elle fuyait quelque chose qui s'était passé « là-bas », mais n'osait pas provoquer une explication. Il nota qu'elle épluchait dans le journal la rubrique « Faits divers » et que, lorsqu'elle le croyait parti ou endormi, elle cherchait sur le transistor la bande radio des voitures de police. C'est à ce moment qu'arriva la lettre du ministère des Arts et de la Culture. Georges trouva l'enveloppe officielle au courrier de dix heures, alors qu'Elsy venait juste de partir pour le supermarché.

« ... Monsieur, disait le billet, notre comité de sélection s'est penché avec bienveillance sur l'exposé que vous avez bien voulu nous faire de votre mémoire intitulé *Discours de la fragilité*, nous en avons noté les qualités intrinsèques ainsi que la culture étayant des analyses souvent fort brillantes et des hypothèses hardies mais cré

dibles. Pour toutes ces raisons nous serions heureux de vous voir accepter le contrat de : Maître d'inventaire des Musées nationaux (que vous trouverez en annexe). Si aucune réponse ne nous parvenait dans un délai de quinze jours, nous nous verrions dans l'obligation de considérer votre réponse comme négative. »

Suivaient quelques formules de politesse parfaitement incolores. En y regardant de plus près, Georges s'aperçut que la missive n'était en fait qu'un simple papier polycopié sur lequel on avait rajouté à l'intérieur des blancs prévus à cet effet l'intitulé du travail, et la fonction proposée. De plus, l'erreur consistant à s'adresser au destinataire qui était censé être Elsy en l'appelant « Monsieur » prouvait qu'on ne s'était guère penché sur le mémoire en question. À cet instant la porte claqua dans le dos de Georges.

« J'ai oublié mon porte-monnaie », souffla Elsy, puis avisant la lettre marquée du sceau officiel, elle pâlit.

« Qu'est-ce que c'est ? » chuinta-t-elle d'une voix étranglée en arrachant littéralement le papier des mains de son mari… Il cherchait déjà les paroles de consolation qui apaiseraient son amour-propre quand il remarqua l'intense soulagement qui se peignait sur les traits de la jeune femme.

Comme si elle s'était attendue à trouver autre chose, ne put-il s'empêcher de penser, autre chose… comme une sommation à comparaître, par exemple ?

« C'est idiot, commença-t-il, j'avais envoyé des extraits de ton essai… Enfin, je sais, je n'aurais pas dû, c'était idiot de ma part de m'immiscer dans ton travail, mais j'avais pensé… enfin bref c'est raté, ces crétins ne l'ont visiblement même pas lu. Tu as vu ce qu'ils proposent ? Un boulot de sous-fifre ; pendant qu'ils y étaient, ils auraient pu mettre épousseteur d'étagères ou cireur des parquets nationaux, ou encore… » Elle le coupa. Visiblement elle n'avait pas entendu le premier mot de ses excuses.

« Non, c'est très bien. Très intéressant, chuchota-t-elle d'une voix pensive. Très, très bien. Quel délai disent-ils ? Quinze jours ? Mon Dieu ! la lettre a traîné, il faut répondre tout de suite ! »

Éberlué, il la vit courir à la recherche d'un stylo et de son numéro d'identification sociale. Quelques mois plus tôt, elle lui eût jeté la lettre au visage en se décrétant insultée ; il ne savait s'il devait s'en sentir soulagé ou s'en montrer inquiet. Un quart d'heure plus tard, elle avait posté la réponse et le contrat signé.

« Tu sais », lui murmura-t-elle le soir même en se glissant dans le lit, « travailler me fera du bien, j'en suis sûre. »

Il s'était redressé sur un coude.

« Mais qu'est-ce que c'est que ce boulot ? Tu ne sais même pas…

— C'est un travail administratif, avait-elle coupé, un truc de bureau, tu sais, avec des horaires fixes huit heures/midi, deux heures/six heures, et gnangnangnan et gnangnangnan…

— Et ça te tente ?

— Ça m'occupera, ça me fera du bien, et puis le soir ça me permettra quand même de rentrer assez tôt pour préparer le repas, non ? »

Et elle l'avait attiré sur elle en relevant elle-même sa nuisette de nylon rose jusque sous ses seins alors qu'il ne l'avait pas touchée depuis son retour de « stage ». Oui, elle l'avait attiré, nerveusement, comme pour couper court à toute demande d'explication. D'ailleurs ils avaient très mal fait l'amour et Georges s'était parfaitement rendu compte qu'elle feignait de jouir. C'est à ce moment-là qu'il aurait dû sentir le PIÈGE ! Au lieu de tout cela, il se contraignit à envisager la situation sous un jour euphorique. Elsy travaillerait : elle irait mieux.

Elle reçut ce qu'elle appela en riant « son ordre de route » une semaine plus tard. « Je commence dans deux jours », lui dit-elle un soir, et il crut discerner un intense soulagement dans sa voix. C'était comme si elle avait dit : « Plus que deux jours, enfin ! » Une telle hâte lui paraissait suspecte mais, encore une fois, il n'osait pas la presser de questions. Le matin indiqué sur la convocation, elle se leva bien avant lui et se prépara longuement dans la salle de bains. Lorsqu'elle en émergea, elle portait une sorte de treillis militaire de grosse toile résistante, informe et sans grâce. Elle avait noué ses cheveux en chignon serré et enfilé de gros brodequins de marche. Georges, stupéfait, s'en redressa sur son séant.

« Où vas-tu comme ça ? »

Elle sursauta et il comprit qu'elle avait pensé pouvoir quitter la maison avant qu'il ne fût éveillé.

« Tu vas travailler dans un bureau en battle-dress ? » insista-t-il, incrédule, « c'est une administration ou un terrain de manœuvres ? »

Elle haussa les épaules.

« Ne sois pas idiot, souffla-t-elle d'une voix altérée, ils m'ont prévenue qu'il y avait pas mal de manutention, et puis les archives c'est poussiéreux. Crois-moi, c'est ce qui convient. Et ne m'énerve pas ! Tu ne vois pas que j'ai le trac ? »

C'était faux, manifestement. Elle ne paraissait pas angoissée, juste pressée de sortir. Instinctivement il pensa à la soirée de son départ en stage, et un signal rouge s'alluma dans sa tête. Pourquoi à cette minute ne bondit-il pas du lit pour la saisir aux épaules, la secouer et la faire parler, avouer une bonne fois pour toutes ! Déjà elle avait tourné les talons. Arrivée à la porte, elle agita vaguement la main. « Salut. » Sa voix trahissait la gêne. « À ce soir », lança-t-il en se

48

rallongeant. Il entendit la porte claquer. Elle n'avait pas répondu.

Elle ne rentra pas le soir, ni le lendemain, ni les autres jours. N'y tenant plus, il se rendit au siège administratif du ministère des Arts et de la Culture où il se rua de bureau en bureau, exigeant des explications, semant une odeur de scandale. Finalement, après bien des transactions et des errances à travers les couloirs, il se retrouva face à un petit homme chauve au crâne curieusement bosselé qui, avec une mine ulcérée et méprisante, accepta de lui montrer le double de l'acte paraphé par Elsy. Le document précisait que la jeune femme « ... s'engageait à entreprendre, pour le compte du ministère des Arts et de la Culture, une opération d'inventaire, sachant que cette mission, nécessitant une visite complète des salles du musée, pourrait la retenir à l'intérieur des locaux d'exposition pour une durée mal définie — mais rarement inférieure à six mois ».

« Six mois ! rugit Georges en froissant la photocopie.

— Comment, s'enquit le petit homme avec une amabilité feinte qui ne réussissait pas à masquer son amusement, vous n'étiez pas au courant ? Mais il faut bien compter un an pour un inventaire superficiel ! Certains de nos contractuels sont restés absents cinq ou six années. D'autres ne sont même jamais revenus. »

Il avait quitté le ministère, vide de toute angoisse comme de tout sentiment. Elsy l'avait dupé du début à la fin, elle avait toujours su ce qu'impliquait la signature du papier, et lorsqu'elle lui disait quelques jours auparavant « de toute manière je serai rentrée pour préparer le dîner », elle mentait, volontairement, consciemment. Maintenant il s'en rendait compte, elle avait signé son contrat d'embauche comme un criminel qui trace fébrilement son nom sur le registre d'engagement de l'infanterie de marine alors qu'un mandat d'amener le concernant commence à circuler de shérif en shérif. Elle ne reviendrait pas ; il en avait tout de suite ressenti la certitude, et personne n'irait jamais la chercher là où elle se trouvait. Le musée, territoire interdit au seuil duquel mourait la loi des autres ministères, la protégeait plus sûrement que les profondeurs de l'Amazonie. À tel point qu'on aurait pu inscrire au fronton de l'édifice, en lieu et place des habituelles devises humanistes pompeuses et outrancières, le simple terme « Droit d'asile ».

Oui, le musée restait une terre vierge, redoutée, dont aucun plan n'avait jamais été dressé (Georges le savait, pour avoir longuement cherché dans le dédale du cadastre et des nomenclatures topographiques ou architecturales sans jamais avoir découvert la plus petite esquisse, le moindre bleu), et son chapiteau ne s'ornait

d'aucun nom d'architecte, d'aucune date
d'achèvement, laissant planer sur l'ensemble un
anonymat des plus inquiétants. Parfois Georges
songeait à ces constructions de l'Antiquité dont
on sacrifiait sans remords les maîtres d'œuvre à
seule fin de conserver le secret le plus total sur
l'agencement de certaines chambres destinées
à recevoir les trésors royaux. Dans le hall d'ac-
cueil, aucun « Plan à la disposition des visiteurs »
ne bornait les limites du bâtiment. Visiter, c'était
partir à la dérive, foncer à l'aveuglette sur une
route dont on ne connaissait ni la longueur ni
l'itinéraire. Elsy avait choisi de s'évaporer dans
ces zones blanches qui marquaient jadis les ter-
res inexplorées sur les cartes des premiers navi-
gateurs, et il préférait à présent ne pas savoir
pourquoi...

Pour lui elle était morte, et le musée devenait son tombeau ; il en parcourait les abords
comme il aurait déambulé à travers les allées
d'un cimetière, bercé par une mélancolie de
promeneur à l'automne, et il pensait « Déjà
trois ans ! » tel un veuf qui, le dimanche, s'en
vient nettoyer la pierre tombale de son épouse.
Il savait pourtant qu'en jouant à remuer de telles pensées il se mentait, il se dissimulait la
vérité : à savoir qu'Elsy continuait à vivre sans
lui, quelque part dans l'une de ces salles dont
l'empilement vertigineux le terrifiait. Revien-
drait-elle un jour ? Il n'en savait rien, et au

ministère personne ne semblait véritablement s'en soucier. Les rares fonctionnaires avec lesquels il avait pu s'entretenir du travail d'inventaire étaient tous restés très vagues quant aux tenants et aux aboutissants d'une telle entreprise. Une jeune contrôleuse du service de détection des faux qu'il avait un soir invitée à dîner dans l'espoir de lui soutirer quelques informations, lui avait dit entre deux bouffées de cigarette (après qu'il lui eut fait l'amour sur le siège arrière de sa vieille Dodge) : « C'est un plan vieux de dix ans à ce que j'ai entendu dire, une initiative à long terme comme le bureau en lance tous les mois sans savoir si le truc va marcher ou foirer lamentablement. Je suppose qu'il y a dix ans, le directoire artistique s'est réuni pour décider de lancer une opération de recensement destinée à tenter une évaluation de l'état des biens nationaux, mais personne ne sait s'ils ont fixé une échéance précise pour dépouiller les résultats. Peut-être ont-ils estimé que l'évaluation, la description, la nomenclature des pièces mettrait trente ans à être réalisée, alors ils se réuniront dans vingt ans et décideront à ce moment-là, rapports en main, si une telle entreprise était une bonne ou une mauvaise idée !

— Mais, avait objecté Georges, les types chargés de l'inventaire, vous en avez bien vu revenir, non ? »

Ennuyée par toutes ces questions, la fille avait

finalement haussé les épaules. « Moi ? Non, jamais, mais ce n'est pas mon service. »

C'était tout. Il avait préféré abandonner, se contentant de visites hebdomadaires ponctuelles ; peut-être un jour, dans plusieurs années, lorsqu'il se serait fait une raison, ne reviendrait-il plus...

Georges s'arrêta à l'orée d'une nouvelle salle. Il était très tard cette fois et il se sentait horriblement las. Il décida de faire demi-tour, se demandant s'il passerait le prochain week-end au musée comme il l'avait déjà fait la semaine précédente, avec son duvet, son sac en papier rempli de sandwiches trop secs et son éternel carton de bière brune.

Arrivé dans le hall il s'arrêta une seconde pour remettre ses souliers, mais ses pieds avaient gonflé et il dut se résoudre à quitter le bâtiment sans chaussures. C'était une nuit sans lune. Il en fut soulagé.

2

Elsy était étendue sur le dos dans les ténèbres depuis des temps immémoriaux. Sa conscience, qui ne fonctionnait plus qu'au ralenti, lui fit brusquement savoir qu'elle avait mal. La jeune femme cambra les reins, la crampe perdit de son intensité, irradiant de façon diffuse dans la hanche et le haut de sa cuisse. Sous sa peau nue, la terre paraissait douce, cendreuse. C'était une illusion, elle le savait, due en grande partie à la couche de corne qui recouvrait à présent son dos, ses fesses et ses mollets, protégeant sa chair de la morsure des minuscules cailloux dont la glèbe était pleine.

Ainsi écartelée, bras et jambes jetés aux quatre points cardinaux, elle se sentait offerte et fragile, sans défense, sans coquille...

« Je suis une étoile de mer », pensa-t-elle une fois de plus, et elle remua les épaules de droite à gauche, creusant le sol au mépris des silex dont elle sentait les arêtes coupantes l'effleurer au travers des callosités recouvrant à présent la partie pile de son corps.

« Je suis une étoile de mer. »

Les mains qui serraient ses mollets depuis des mois, les doigts qui serraient ses chevilles depuis des années peut-être, lui transmirent leur force et elle devint comme un crucifié auquel les clous fichés dans sa chair auraient le pouvoir de communiquer une énergie nouvelle, une solidité sans égale. Elle aurait été incapable de dire si ces paumes, qui la tenaient ainsi raidie, appartenaient à des hommes ou à des femmes, et d'ailleurs elle s'en moquait. Seule comptait cette sensation d'enserrement comme une double paire de menottes de chair et d'os. Elle savait d'ailleurs (même si elle ne le percevait plus vraiment, l'ankylose gagnant) que ses propres phalanges se soudaient en ce moment sur d'autres chevilles appartenant à d'autres êtres qui eux-mêmes...

C'était une sensation extraordinaire, décuplée par la totale obscurité qui régnait en ces lieux, et souvent elle se laissait aller à imaginer un ballet d'astéries se touchant toutes les unes les autres par l'extrémité de leurs appendices.

« Des étoiles à quatre branches, touchant d'autres étoiles à quatre branches disposées sur le sol comme un damier, comme une mosaïque... » se murmurait-elle parfois, frissonnant en pensant au tapis humain qu'ils devaient former ainsi, tous couchés sur le dos, noués les uns aux autres par les liens de leurs doigts serrés, véritable filet vivant dont chaque maille était constituée d'hommes et de femmes couchés.

« Nous formons un tout, songea-t-elle, nous sommes le grand tout... Chaque frémissement de l'unité se communique à l'ensemble, et je perçois le mouvement réalisé à trente mètres de moi, je ne suis plus seule... »

C'était vrai, elle ne connaîtrait plus l'errance, la solitude, l'angoisse de se sentir ignorée au sein d'une masse d'êtres anonymes. Elle oublierait pour toujours la peur de l'individualité qu'il vous faut assumer coûte que coûte. Elle n'avait plus de nom, plus de visage, elle n'était rien qu'une maille du filet, qu'une case blanche sur un damier... et c'était MERVEILLEUX !

La nuit avait fait d'eux des aveugles, même en écarquillant les yeux à s'en faire mal Elsy ne voyait plus rien. C'était un noir sublime, un néant de syncope, un voile d'agonie. La monstrueuse nudité d'un cosmos sans étoiles et sans planètes qui donnait l'impression de flotter dans l'infini des limbes ou de dormir sous le regard du vide universel. Un agoraphobe serait devenu fou de se sentir ainsi surplombé par ce qui semblait être l'espace sans fond, le vertige à l'état brut. Ceux du « grand tout » en appréciaient encore plus la terre sous leur dos et les cailloux s'incrustant dans leurs omoplates, ils n'en percevaient que mieux encore la solidité du filet corporel, du tapis humain qu'ils avaient choisi de former une fois pour toutes.

Jamais auparavant Elsy ne s'était trouvée aussi bien. Elle n'avait plus à décider, à craindre, à hésiter, à douter, puisqu'elle ne pouvait plus rien faire, puisqu'elle n'était plus rien, qu'un lien. Et ce lien, si dérisoire fût-il, n'en était pas moins d'une importance capitale puisque de lui, et de lui seul, dépendait l'intégrité du filet. À présent toutes ses terreurs anciennes lui paraissaient ridicules, pitoyables, et pourtant sans elles jamais elle n'aurait trouvé sa place au sein du grand tout. Elle en était venue à considérer sa vie passée comme un itinéraire initiatique imposé par une force transcendante et inconnue...

Elle bougea la tête de quelques centimètres vers la droite, modifiant l'angle de son cou, évitant ainsi la naissance d'une crampe. Elle savait que le frottement perpétuel de la terre et des cailloux avait usé sa chevelure au point de faire de son crâne une boule de cuir nue, durcie, ridée. Elle savait que ses épaules, ses muscles dorsaux dont elle avait jadis été si fière durant son séjour dans la petite communauté naturiste des sables de Saint-Hool, étaient à présent recouverts d'une croûte de cal épais d'un jaune probablement foncé agrémenté aux articulations de plis écailleux comme on peut en observer aux pattes des tortues. Elle n'ignorait pas que ses cuisses et ses fesses, musclées par les courses dans le sable et les heures de nage en haute mer, devaient à présent se trouver irrémédiablement aplaties, déformées par l'immobilité de leur position et les années de station couchée.

Elle savait tout cela, mais qu'importe !

Elle n'aurait voulu pour rien au monde abandonner sa place au sein du grand tout. Si, quelques années plus tôt, on lui avait dit qu'elle finirait ainsi, comblée au-delà de toute espérance, elle aurait éclaté de rire. Elle se souvenait

parfois de Georges, de cet effilochement quotidien qu'était leur vie, de ce vide au bord duquel
elle oscillait sans cesse, coincée entre ses aspira-
tions artistiques, le mixer et les produits à vaisselle. Une fois, une seule, elle avait basculé dans
un monde différent et cela avait failli lui coûter
fort cher...

C'était l'annonce qui avait tout déclenché.
L'annonce du stage, elle se le rappelait encore
fort bien. Le soir où elle était montée dans le
car Greyhound bleu métallisé elle avait décidé
de tout faire pour rompre avec le néant de sa
vie. « Trois mois, s'était-elle murmuré, je me
donne trois mois, si passé ce délai rien ne s'est
produit... »

Avec le feutre à maquillage indélébile que lui
avait offert en prime la vendeuse de l'institut
de beauté où elle était allée acheter une crème
solaire, elle avait inscrit sa résolution à même
la chair en lettres minuscules. « Dans trois mois
je me flingue. Le 6 avril de l'année bleue. »
C'était un acte de gosse, elle en avait parfaitement conscience, mais elle avait toujours été
sensible au fétichisme des adolescents.

L'autocar l'avait jetée quelque part sur la côte,
abrutie de chaleur après trente et une heure de
voyage. C'était une ville balnéaire comme elle
n'en avait jamais vu qu'à la télévision. Une jungle d'hôtels d'acier chromé, de tours toutes plus
luxueuses les unes que les autres, de cinémas

géants à sept étages ouverts vingt-quatre heures sur vingt-quatre et dont les salles pouvaient avaler jusqu'à trente mille spectateurs. À l'époque où Elsy débarqua, une guerre meurtrière opposant les adeptes du cinéma aux fanatiques du théâtre, la cité tout entière se convulsait au rythme des plasticages et des incendies.

Pour tout renseignement elle n'avait qu'un nom : Nel, et une adresse du bord de mer. Elle avait pensé avec une certaine excitation qu'il s'agirait de Nelson, elle découvrit en fait que le diminutif cachait une femme — Nellie — l'adresse, quant à elle, était celle d'une communauté naturiste composée uniquement d'artistes en renom et située à flanc de dune dans la broussaille d'une palmeraie artificielle.

Nellie paraissait âgée d'une cinquantaine d'années, c'était une femme grande et maigre, au visage osseux marqué de pommettes saillantes. Sa nudité révélait sous sa peau le jeu perpétuel des tendons, des muscles, des nerfs. Dans l'éclairage rouge des soleils couchants, elle évoquait irrésistiblement l'image d'un écorché exhibant sans pudeur ses réseaux veineux ; faisant de l'architecture incroyablement compliquée de son corps, dévoilé dans sa physiologie la plus crue, un pied de nez à ces plages snobs feutrées où l'on ne rencontrait guère que bedaines et cellulite. Elsy la trouva belle à couper le souffle.

« Tu as l'air d'une provinciale qui vient jeter sa gourme pendant que ses gosses sont en colonie de vacances et son mari retenu au bureau ! » avait immédiatement lancé Nel en la découvrant sur la véranda de son bungalow. Et comme Elsy esquissait un geste pour prendre la fuite, elle avait aussitôt ajouté en l'agrippant par l'épaule : « Ne prends pas la mouche ! Je sais ce que tu vaux. J'ai lu tes mémoires, je vais te remettre sur pied, après nous pourrons travailler. »

Le soir même elle contraignit la jeune femme à faire l'amour avec deux hommes appartenant à la communauté, puis la nuit du lendemain avec un groupe d'adolescents, et ainsi de suite jusqu'à ce qu'Elsy ait purgé tous les fantasmes qui dormaient en elle. L'opération prit une semaine. Au bout de sept jours elle était neuve, prête. Disponible. C'est alors que Nel commença à lui parler de ses travaux.

« Tu sais », expliqua-t-elle de sa voix basse et rauque alors qu'un soir elles marchaient toutes deux à la lisière des vagues, « je me suis moi aussi beaucoup intéressée au cube d'Heissenmann. C'est même moi qui ai signé sous un pseudonyme l'essai *Heissenmann ou l'esthétique du secret* ». Elle rit en découvrant l'expression de stupeur qui s'étalait sur le visage de sa compagne...

« Ne fais pas cette tête, reprit-elle, je sais qu'on considère ce bouquin comme une bible universitaire, mais tout est dépassé à présent, je reprends l'ensemble à zéro. Et c'est pour ça que j'ai besoin d'une assistante. Il me faut quelqu'un qui puisse me seconder lors des expérimentations... » Elle s'arrêta, fixa Elsy d'un regard soudain extraordinairement dur, et laissa tomber d'une voix sèche : « Je crois que tu en seras capable. »

Les jours suivants Elsy découvrit dans les caves du bungalow un laboratoire analogue à ceux qu'elle avait pu utiliser à la faculté lors des séances de travaux pratiques de deuxième année. Le parfum des produits la grisa aussi sûrement qu'une vapeur d'alcool, et c'est titubante qu'elle erra de pot en pot, laissant errer ses doigts le long des briquettes de stéarine, humant les suifs, les huiles tibétaines ou chinoises, regardant la lumière jouer dans les rayons de cire d'abeille... Elle dut se faire violence pour rassembler ses esprits et préparer un bac de soixante litres d'une substance opalescente, onctueuse, capable de se maintenir à l'état liquide plusieurs heures durant sans la moindre adjonction de chaleur. Elles travaillèrent beaucoup, cherchant à retrouver l'esprit qui avait présidé aux gestes du sculpteur antique lorsqu'il avait décidé d'inclure son œuvre dans le bloc qui la masquait à présent aux yeux du public.

« Le cube d'Heissenmann est rebelle à la radiographie, avait dit un jour Nel, je le sais, j'ai essayé. La cire employée possède la propriété de voiler les plaques... Le secret est préservé. Le secret. »

Elsy se sentait bien. « Je suis chez moi, pensait-elle souvent, là où j'aurais toujours dû me trouver. »

Georges, la maison, le musée, prenaient aujourd'hui l'aspect jaune et flou de ces photos de famille oubliées, si anciennes qu'on n'arrive même plus à identifier ceux qui y figurent. Elle en venait à douter de leur existence. La vie avec Nel fleurait bon cette odeur de passion qu'Elsy avait jadis humée dans les couloirs et les amphithéâtres de la faculté. Elles n'existaient plus que pour une chose, l'art, oublieuses d'elles-mêmes et du monde, des hommes et des événements. Sans la proximité de la mer et les bains quotidiens qu'elle leur permettait de prendre, elles eussent répandu des relents plus que désagréables tant elles se négligeaient, dormant à même le sol de l'atelier pour surveiller la bonne cuisson d'une préparation, urinant dans un seau parce que les expériences en cours ne leur permettaient pas de quitter leur poste pour monter aux toilettes, mangeant avec leurs doigts le contenu de boîtes de conserve ouvertes à la diable et que ni l'une ni l'autre n'avait même pensé à faire réchauffer. Le soir elles s'écroulaient, fauchées par la fatigue, heureuses et pleines d'avoir joué leur rôle, d'avoir progressé d'un centième de millimètre, d'avoir...

Nel ne parlait que de ses travaux, c'était comme si, née dans un laboratoire, elle n'en était jamais sortie autrement que pour renouveler son stock de produits chimiques. Sa mémoire n'était ponctuée que par les dates repères de ses créations, les expositions qu'elle avait visitées, les thèses ou essais qui lui avaient enflammé l'esprit ; le reste n'avait aucune importance. Aucune épaisseur. « À partir de maintenant, songeait Elsy fascinée, je vivrai toujours comme cela. »

« Nous sommes des samouraïs de l'art, lui avait dit Nel un soir, notre solitude est terrible mais féconde. »

Leurs recherches sur le cube d'Heissenmann, si elles leur fournissaient une nourriture intellectuelle dense et brûlante, n'avançaient guère pour autant. Toutes les tentatives de Nel pour élucider le problème débouchaient invariablement sur un échec. À chaque simulation la statuette de cire noire, à laquelle elles avaient donné symboliquement la forme d'un point d'interrogation, fondait avec son écrin. Le naufrage du bloc immaculé semblait inévitablement impliquer la destruction de son contenu. « Ce n'est pas possible ! rageait Nel, il y a bien une possibilité ! »

Sans se décourager elles recommençaient chaque jour les mêmes gestes, les mêmes préparatifs, indifférentes aux gouttes d'huile bouillante qui leur cloquaient les mains et les bras, parsemant leur chair de cicatrices brillantes et lisses...

Elles travaillèrent à ce rythme d'enfer pendant encore près de huit jours puis, subitement, alors qu'elles commençaient à désespérer, Elsy trouva la solution. Ce fut un éblouissement, une déflagration mentale immédiatement suivie d'un incroyable sentiment d'évidence, et la jeune femme se rendit compte qu'elle avait toujours tenu la solution du problème à portée de la main, là, entre les pages moisies et spongieuses de ce vieux traité d'occultisme esthétique si souvent feuilleté dans son adolescence et qu'elle traînait toujours en compagnie des six ou sept ouvrages fondamentaux qui ne la quittaient jamais.

Oui, la réponse, la seule possibilité...

« Ce n'est pas croyable », avait balbutié Nel le souffle coupé par la surprise.

« Mais si », s'enflammait Elsy toute à l'excitation de la découverte, « une pâte occulte dont la composition a d'ailleurs très souvent été donnée dans les anciens livres de nécromancie, un matériau habituellement mou, extrêmement sensible à la chaleur mais qui, à certaines phases très précises de la lune, subit l'influence astrale des étoiles et devient plus dur que le granite pendant quatre ou cinq heures... C'est aussi simple que cela. Une fois son œuvre achevée, l'artiste n'a eu qu'à attendre une conjonction favorable des astres pour noyer la statuette dans la cire brûlante. Devenue aussi solide que le béton, elle ne risquait pas de fondre, et lorsqu'elle a repris sa consistance habituelle, le cube de stéarine était déjà froid !

— Mais, avait objecté Nel, personne ne connaît la date précise à laquelle se produit ce phénomène ?

— Si, trépigna Elsy, tous les trente ans, à chaque passage de comète. Ce qui veut dire que dans cinq ans, très exactement, l'objet inconnu deviendra une nouvelle fois, et pour quelques heures seulement, aussi solide que le marbre, il suffira alors de faire fondre le bloc de cire blanche au bain-marie pour en finir une bonne fois pour toutes avec le mystère d'Heissenmann !

— C'est prodigieux ! » avait soufflé Nel, totalement abasourdie.

Et elles avaient passé la nuit, attablées devant deux bouteilles de vodka polonaise, à se soûler comme des permissionnaires en goguette. « Prodigieux », hoquetait de temps à autre Nel en oscillant dangereusement sur sa chaise, « prodigieux... »

À partir du sixième verre Elsy avait perdu connaissance et roulé sur le carrelage de la cuisine. Nellie, quant à elle, avait résisté jusqu'à l'aube avant de rejoindre sa compagne dans les vapeurs du coma éthylique.

Après trois jours passés presque exclusivement à se nourrir d'aspirine, de café noir et de bicarbonate, Elsy commença le brouillon d'un grand article qu'elle destinait au bulletin esthétique des Beaux-Arts et à la revue nationale des conservateurs de musée. Elle y donnait tous les détails de sa découverte, les relevés astraux, ainsi que le jour et l'heure où il serait enfin possible de faire fondre le cube d'Heissenmann sans danger pour l'œuvre cachée. Le papier s'intitulait :

UN MYSTÈRE DE L'ART ÉLUCIDÉ !

Ce serait un scoop, à n'en pas douter. Elle tenait là le moyen de se tailler une place de choix dans l'intelligentsia universitaire occupant le devant de la scène, peut-être même lui confierait-on une chaire à la faculté ou la ferait-on docteur *honoris causa* de quelque institut ? Quoi qu'il en soit elle avait entre les mains le sujet d'un bouquin à gros tirage, un best-seller qui lui emplirait les poches en l'espace de trois mois ! Elle pourrait acheter une villa sur la côte, elle divorcerait, elle... Trépignant d'excitation, elle jeta rapidement sur une feuille de papier le plan d'un ouvrage en trois parties (le problème, la recherche, la solution). Il lui faudrait l'envoyer le plus rapidement possible à un éditeur, obtenir une avance sur droits assez substantielle pour payer les premières traites de la maison, il…

Elle s'endormit, le nez dans ses brouillons, brisée par les excès des derniers jours. Ce fut Nel qui la réveilla en lui secouant violemment l'épaule. « Qu'est-ce que c'est que ça ? » rugissait-elle en brandissant l'ébauche engagée un instant plus tôt dans le chariot de la machine à écrire. Elsy eut une seconde de flottement, puis elle exposa d'une voix encore pâteuse les grandes lignes de son projet.

« Tu es folle ma pauvre fille ! hurla Nel, mais tu n'as donc rien compris ! Ta solution n'est prodigieuse que dans la mesure où l'on ne s'en sert pas ! Dans la mesure où elle crée une tension intellectuelle proche du vertige, un équilibre fragile et précieux. Nous pourrions savoir mais nous préférons ignorer, préserver le mystère, car c'est ce mystère qui donne tout son poids au cube d'Heissenmann. Le cube fondu, que resterait-il ? Une œuvre d'art parmi tant d'autres, alors que le secret gardé dans toute son opacité lui donne une singularité inégalée ! Il faut jouer du désir de savoir comme d'un aphrodisiaque. Ta solution est un aphrodisiaque, un excitant ! Elle donne encore plus de chair à l'objet caché, grâce à elle le fantasme s'incarne, il passe du rang de pure chimère au stade de potentialité, il excite l'intellect, le mène au bord du vertige : savoir/ne pas savoir, comprends-tu ? L'attirance et la perversité du secret, voilà ce qu'il faut sauvegarder à tout prix ! Le mystère et sa résolution possible sont les deux pôles de la fascination. Lorsque l'on ne croit pas en la possibilité d'une élucidation, le problème perd de son intérêt, c'est ce qui était en train de se passer avec le cube d'Heissenmann. À présent que cette réponse existe, elle vient raviver le secret, lui donner plus de poids encore...

— Mais c'est un crime ! » avait bégayé Elsy brûlante d'indignation, « une dissimulation, un... un péché envers le savoir humain ! Ta conception de l'art relève du voyeurisme, tu n'es pas une esthète, tu n'es qu'une perverse, une malade ! Ton plaisir est pornographique, ta vision de l'art est obscène ! Tu voudrais dissimuler l'explication à jamais ?

— Oui ! À jamais ! La sceller dans une boîte, mieux : la noter sur une feuille de papier et la noyer dans le béton d'un piédestal qui servirait de support au cube. On graverait dessus « solution ». Imagines-tu l'effet obtenu ? Et nous nous suiciderions toutes les deux pour respecter réellement la règle du jeu : que personne ne sache... »

Elsy s'était débattue, échappant aux mains puissantes de Nel.

« Tu n'es qu'une malade ! répéta-t-elle en s'enfuyant à l'autre bout de la chambre.

— Mais non », objecta Nel en s'efforçant de parler calmement, « tu sais au fond de toi que j'ai raison. C'est la logique même. Prends le cas des romans policiers à problème : tant qu'on ignore la clef de l'énigme (Qui a tué ? Comment ? Pourquoi ?) le mystère est vivant, palpable, merveilleux. Mais dès que le dénouement survient c'est un ravage, il ne reste plus rien, que la déception… On avait imaginé mieux, on…

— Tais-toi ! » avait hurlé Elsy, et elle s'était sauvée sur la plage, les mains plaquées sur les oreilles.

Lorsqu'elle avait réintégré la maison, tard dans la nuit, elle avait découvert les débris carbonisés de ses brouillons dans le grand cendrier de cuivre de la cuisine. Prise d'un doute affreux, elle s'était précipitée vers la cheminée du salon pour trouver, au milieu des bûches, les cendres du traité d'occultisme dont n'avait survécu que la reliure.

Nel prenait ses précautions. « Et maintenant, cria Elsy en faisant irruption dans la chambre de sa compagne, tu vas me faire subir un lavage de cerveau peut-être ? » Immédiatement après elle s'en était voulu ; et si Nel, cédant à la folie, décidait purement et simplement de la supprimer ? À l'euphorie des premiers jours succéda une période sombre de heurts quasi quotidiens. Désormais leurs relations évoluaient sur le mode négatif. Elsy se sentait frustrée, spoliée de sa part de gloire, de toute façon elle n'avait pas assez de ressources pour tenir tête à son interlocutrice. Elle se réfugia dans une attitude passive et nerveuse de bouderie enfantine qui la faisait se maudire et pleurer la nuit dans son oreiller.

Comment cela arriva-t-il ? Elsy, par la suite, eut toujours beaucoup de mal à reconstituer le film exact des événements. Pourtant...

Il y eut d'abord le petit geyser de sable qui s'éleva brusquement à dix centimètres de sa tête, alors qu'elle bronzait nue au milieu de la baie déserte. Elle avait été intriguée par ce jaillissement inattendu et avait tout de suite pensé à l'un de ces crabes fouisseurs qui vivent au ras du sol, soufflant de toutes leurs forces par leurs évents pour se recouvrir de poussière ou de vase, et se rendre du même coup invisible à tout éventuel prédateur.

Cela l'avait amusée. Elle avait roulé sur la hanche, tendu les doigts avec précaution, tâté la surface cendreuse à la recherche de la petite carapace plate. Elle procédait par attouchements brefs, ne tenant pas à se faire pincer. Pourtant ses ongles s'enfonçaient dans le sable humide sans rien rencontrer...

Perplexe elle s'agenouilla, plongea son index au centre du petit cratère que le vent n'avait pas encore totalement effacé. Immédiatement elle sursauta. Elle venait de toucher quelque chose de brûlant. De brûlant et de métallique dont la morphologie lui semblait assez éloignée de celle d'un crabe fouisseur : une balle blindée...

Le projectile lui chauffait la paume, et elle devait souffler dessus comme sur une pâtisserie émergeant du four pour en atténuer la morsure. Elle suffoquait.

On avait tiré sur elle ! L'évidence mit un temps infini à parvenir jusqu'à sa conscience claire. On l'avait mise en joue, probablement du sommet d'une dune voisine. Une intense colère monta en elle, occultant la peur. Elle aurait dû s'y attendre depuis longtemps, comment avait-elle pu être aussi bête ?

Elle s'habilla en hâte, courut au bungalow. Nel dormait (ou plutôt feignait de dormir) sur la véranda dans son hamac de fil bleu. Sa respiration était parfaitement normale, mais elle avait très bien pu tirer de la lucarne du grenier et, son coup manqué, revenir aussitôt s'allonger pour donner le change.

Elsy serra les dents et ne dit rien. Provoquer une explication se serait, de toute façon, révélé dangereux.

Les jours suivants se passèrent dans une extrême tension. Pour dormir, Elsy barricadait sa porte et sa fenêtre, parsemait la chambre de « pièges » que Nel ne manquerait pas de

renverser dans l'obscurité : piles de livres, bouteilles vides, bibelots…

« C'est une folle ! » pensait-elle avec plus de
dégoût que de crainte, « une malade ! »

Deux ou trois fois au cours des quatre premières nuits elle vit tourner le bouton de sa
porte et entendit le cliquetis d'un fil de fer
dans la serrure mais le verrou tint bon.

Très rapidement, elle cessa de s'alimenter,
craignant le poison. Elle ne descendit pratiquement plus de sa chambre, guettant par la fente
des volets le moment où Nel irait nager.

L'instant où la grande femme plongeait dans
les vagues était pour elle comme un signal, elle
se ruait alors hors de la maison en direction du
marchand de friandises qui débitait des glaces
aux enfants marbrés de coups de soleil, et ache-
tait n'importe quoi : trois tablettes de chocolat,
quatre sacs de bonbons, deux paquets de
gâteaux…

« Hé ! C'est pas sérieux à votre âge ! lançait
le type. Laissez ça pour les gosses ! Vous allez me
dévaliser ! »

Elle payait, remontait en courant, se barricadait à nouveau, et se mettait à dévorer, mélan-
geant chocolat, biscuits et pâtes parfumées, à
s'en rendre malade.

Pourquoi ne s'enfuyait-elle pas ? Elle n'avait
pas d'argent bien sûr, mais elle aurait pu s'im-
proviser auto-stoppeuse. Non, ce n'était pas la

véritable raison. En fait elle ne voulait pas s'avouer vaincue, capituler devant Nel, renoncer à ses droits sur la solution du cube d'Heissenmann.

Un soir Nel vint tambouriner à sa porte.

« Tu boudes ? C'est idiot ! Faisons la paix ! J'ai eu tort de brûler ton article, je le reconnais, ça va ? Je te demande pardon ! O.K. ? On est de nouveau amies ? »

Elsy serra les dents. Tout cela puait le piège à cent pas. D'autre part elle mourait de faim ainsi claquemurée dans la petite pièce, sans oublier le problème des déjections qui commençait à devenir crucial. Elle glissa un coupe-papier à large lame dans la poche de sa blouse et alla faire jouer le verrou. Nel souriait. Le regard clair et franc. « On va au restaurant pour fêter ça ! » lança-t-elle avec un grand rire parfaitement naturel.

Une heure plus tard elles s'installaient à la terrasse d'une gargote du bord de la plage. Elsy avait tenu à choisir elle-même l'établissement. Pendant tout le repas elle suivit le moindre geste de sa compagne avec une attention extrême et refusa de se faire servir. Il ne se passa rien. Elle s'en sentit stupidement rassérénée. Nel regrettait-elle son acte impulsif ou cherchait-elle à endormir sa méfiance ? Elle s'avoua incapable de trancher.

Elle se coucha sitôt rentrée, alourdie par le repas, grisée par le vin trop sirupeux et sombra dans un sommeil halluciné.

Ce fut la chaleur qui la réveilla, une chaleur étouffante accompagnée d'une odeur âcre. Une senteur de fumée. Elle se dressa sur sa couche. Des volutes épaisses venant du couloir filtraient sous la porte, emplissant la chambre. LE FEU ! La maison était en feu ! Elle courut au battant, il était fermé. Elle eut beau faire jouer la clef, la porte ne s'ouvrit pas. On l'avait bloquée de l'extérieur avec quelque chose, une planche probablement ou une chaise engagée sous la poignée…

La fumée montait toujours, noyant ses chevilles, ses cuisses. Nel avait sûrement mis le feu au laboratoire, toute l'affaire serait mise sur le compte d'un accident de manipulation…

Elle toussa. À présent la panique l'envahissait. L'atmosphère devenait irrespirable. Elle n'avait plus qu'une solution, sans réfléchir elle courut à la fenêtre, ouvrit le volet et plongea dans le vide. Elle était au premier étage, un saut dans le sable ne risquait pas de la tuer !

Pourtant, au moment où ses pieds quittaient le rebord de brique elle entr'aperçut l'espace d'une seconde la cuve de deux cents litres de cire brûlante qu'on avait traînée juste dans l'axe de sa chute. Elle se rejeta en arrière, la peau de ses reins disparut, arrachée par le crépi du mur.

De la main droite elle réussit à se cramponner au volet en engageant ses doigts dans l'une des fentes de bois. Elle resta ainsi plusieurs secondes, oscillant au-dessus du vide dans le craquement des charnières perdant leurs vis puis elle parvint à prendre appui sur les basses branches d'un arbre pesant sur la façade et à se laisser glisser sur le sol, entre le récipient et la paroi, le ventre à quelques centimètres à peine du chaudron bouillonnant. Il s'en était fallu d'un rien. On aurait invoqué le somnambu-lisme, la perte d'équilibre…

Lorsqu'elle rentra dans la maison elle décou-vrit ce qu'elle soupçonnait déjà : il n'y avait jamais eu d'incendie, un simple bac de matière fumigène glissé contre sa porte, dans le couloir, avait suffi à donner l'illusion du brasier…

« Je ne pouvais pas faire autrement », mur-mura soudain Nel dans son dos. « Tu ne pourras pas tenir ta langue, j'en suis sûre. Ton premier geste en partant d'ici va être de télégraphier ta découverte aux journaux. Je le sais. Tu n'as rien compris. Tu représentes un véritable dan-ger pour l'art. Un véritable danger… »

Elle était pâle, tendue. Elsy frissonna, il fai-sait nuit à présent. La plage et la route étaient désertes, elle ne pourrait espérer aucune aide de personne. Elle commença à se déplacer, le dos au mur.

« Le coup de feu l'autre jour, c'était toi ? »

Nel hocha la tête, maintenant elle avait l'air triste.

« C'est le seul moyen, chuchota-t-elle, tu veux tout détruire, par orgueil, par gloriole. Tu ne vois dans l'art qu'un moyen de promotion sociale. Tu es un monstre, un horrible petit monstre étriqué. Comment ai-je pu me tromper à ce point, comment ? »

Elsy vit l'éclair du rasoir à la hauteur de sa gorge, elle rejeta la tête en arrière dans un élan désespéré, alla heurter la cloison. Déséquilibrée par son geste, Nel vint s'abattre contre son épaule, devint molle. Lourde. Ce n'est que lorsque Elsy sentit rouler le visage de sa compagne contre sa joue qu'elle remarqua sa propre main serrée sur le manche du coupe-papier qu'elle avait instinctivement tiré de la poche de sa blouse au moment de l'attaque. La lame, elle, disparaissait jusqu'à la garde dans le ventre de la grande femme immobile...

Voilà...

Elles restèrent une bonne partie de la nuit serrées l'une contre l'autre, la vivante et la morte, rivalisant d'immobilité. Vers deux heures Elsy parvint à reprendre la maîtrise de ses gestes. C'était comme si sa moelle épinière, tranchée d'un coup de scalpel, venait seulement de se reconnecter. Elle bougea, entraînant Nel dans sa marche.

Elle se sentait étrangement lointaine, anesthésiée, absente. Il lui fallut plus d'une heure pour tirer le corps dans les dunes et l'ensevelir au pied d'une montagne de sable. Les monticules cendreux se déplaçaient, elle le savait, et dans quelques mois Nel serait recouverte par toute une chaîne de collines.

Elle rangea la maison, ferma les volets, glissa derrière l'une des vitres du rez-de-chaussée le panneau que Nel avait elle-même calligraphié à cet effet : « Je suis en voyage ! Merci de votre visite ! »

Pas une minute elle n'envisagea de se rendre à la police. Qui l'aurait crue ? Elle avait bel et bien planté son arme dans le ventre de Nel, on parlerait de dispute amoureuse entre deux homosexuelles, de crime passionnel, jamais d'accident ! Non, elle n'avait pas le choix, et d'ailleurs elle n'avait plus la force de réfléchir à quoi que ce fût.

Elle partit la nuit même, à pied jusqu'aux limites de l'État. Là, elle eut la chance de pouvoir se glisser dans un train de marchandises. Elle avait mis trente et une heures pour venir, il lui fallut quinze jours pour rentrer.

Elle retrouva Georges sans aucun soulagement, la maison ne constituait pas un refuge contre ce qui n'allait pas tarder à la traquer. Il lui semblait qu'à tout moment une patrouille de police allait cerner le bungalow ou entrer par les fenêtres, pistolet au poing.

Elle avait peur. Terriblement peur.

La nuit elle entendait claquer dans son dos la porte de la chambre à gaz et se réveillait en hurlant.

Chaque fois qu'elle épluchait les légumes, penchée sur l'évier, le regard de Georges se posait sur sa nuque, comme un point d'interrogation rouillé et coupant fouillant son cerveau. Il aurait voulu SAVOIR. La curiosité malsaine émanait par tous les pores de sa peau, il aurait voulu qu'elle AVOUE, qu'elle se repente, qu'elle lui demande pardon. Elle s'imaginait se traînant à ses pieds, balbutiant « tu avais raison, je n'aurais jamais dû partir », et lui, suintant la mansuétude condescendante du mâle heureux de sa force, laisserait tomber : « Je t'avais bien prévenue ! » Non, c'était impossible. Après ce qu'elle venait de traverser elle ne pouvait pas renfiler la défroque trop étroite de cette petite vie bon marché, de cette usure quotidienne et morne qui allait doucement la grignoter jusqu'à la tombe, jusqu'à la résignation.

Pendant que Georges dépérissait au bureau elle buvait, tant pour combattre son angoisse que son dégoût. Un matin elle se réveilla dans une chambre de passe d'un hôtel du port, où elle était montée en compagnie d'un marin espagnol. Elle comprit qu'elle n'allait pas tarder à perdre la tête. Elle savait ce que sa mère lui aurait dit : « Essaie d'avoir un enfant, ça t'occupera, et puis une femme est faite pour ça, pas pour autre chose. Le travail, les études, crois-moi, tout ça c'est de la bouillie de démagogue ! Un enfant. Tu te sentiras pleine, heureuse, soulagée de remplir ton rôle dans la société, ton devoir envers les hommes. Ton mal de vivre n'est que l'expression de ta mauvaise conscience, Elsy, tu refuses de jouer le jeu, et c'est ça qui te rend malheureuse. Et tu le sais… »

Dans ses rêves elle voyait Georges affublé d'un uniforme de policier la saisir par la peau du cou en hurlant d'une voix de fausset : « Je vous arrête pour avoir refusé d'assumer votre rôle envers la société. Tout ce que vous direz à partir de cet instant sera retenu contre vous. »

Elle n'entrevoyait plus aucune solution, et doucement, comme par le passé, elle recommença à penser au suicide. Une des phrases préférées de sa mère venait de plus en plus souvent tourner dans son crâne : « Il ne faut pas vivre au-dessus de ses moyens, ma fille, et je ne parle pas d'argent… »

Le contrat d'inventaire du ministère était arrivé comme une main qui se tend au-dessus de votre tête au moment où, accroché au rebord d'un précipice, vous vous préparez à lâcher prise.

« C'est comme si vous partiez pour un tour du monde en solitaire, lui avait expliqué le sergent instructeur (un type rougeaud et trapu au crâne complètement rasé), vous ne pourrez compter que sur vous, et sur vous seule. On vous a enlevé l'appendice, j'espère ? Parce que lorsque vous vous trouverez à un an de marche de l'entrée pas question de faire demi-tour pour courir chez le toubib ! »

Il l'avait fait se déshabiller, complètement, avait enfoncé ses doigts aux ongles carrés dans les abdominaux d'Elsy, l'avait palpée sous toutes les coutures avec un œil de gymnaste asexué.

« Ça va, avait-il fini par conclure, vous avez une bonne charpente, de bons muscles. Vous êtes stérilisée ? Je veux dire : on vous a fait une ovariectomie ? »

Prise de court, elle avait rougi puis balbutié un « non » timide coincé entre deux déglutitions, ce qui avait arraché une grimace à l'instructeur... « C'est embêtant. Enfin, à vous de faire attention. Il faut que vous compreniez, une fille ou un type qui font un inventaire peuvent rester un, deux ou même trois ans sans jamais voir personne, alors quand se produit une rencontre — par hasard — et que les deux personnes en présence sont de sexe opposé, alors forcément, la nature parle ! Remarquez, je dis ça pour vous, parce qu'une fois enceinte il vous sera difficile de continuer à avancer, et puis un gosse ça retarde toujours... Si vous devez vous occuper de lui, le porter, le faire dormir, vous ne pourrez plus travailler, et ça c'est embêtant... »

Elle l'avait deviné hésitant, spéculant sur les risques de grossesse qu'elle encourait et sur les dommages qu'une telle situation entraînerait. Elle l'avait vu, tournant et retournant le crayon-bille entre ses doigts parsemés de grosses touffes de poils, en proie à un conflit intérieur, réti-cent, balançant entre les deux cases : « aptitude physique au service actif » et « inaptitude totale ou partielle motivant une impossibilité à l'incor-poration », et elle avait senti une sueur glacée piqueter le creux de ses reins...

« Vous comprenez, avait-il marmonné, il ne suffit pas de vouloir ou de ne pas vouloir. Vous pouvez tomber sur un type en manque, dé-chaîné, et vous faire violer. Quant aux pilules, ce n'est pas une solution valable, toutes celles qu'on pourrait vous donner demain seront péri-mées dans deux ou trois ans, si votre séjour dépasse cette limite vous ne vous trouverez plus protégée... »

Finalement, après avoir une nouvelle fois jaugé ses muscles, probablement impressionné par le bronzage intégral et l'aura de santé qui s'en dégageait, il avait décrété : « O.K., ça va, mais sous condition d'un stage de self-défense avant le départ ! »

Pendant trois jours elle avait vécu avec l'instructeur, robot infatigable, serinant ses conseils d'un ton égal qui semblait ne jamais connaître l'impatience ou l'agacement. Il lui avait tout appris : le combat, la survie, et parfois elle avait l'impression de se préparer à quelque lointaine exploration sidérale aux confins de la galaxie.

« L'entraînement des employés d'inventaire est le même que celui des commandos », avait lâché le sergent au cours d'un bref préambule, « c'est pour ça que je suis là. »

Elle l'écoutait, fascinée. Déjà elle n'appartenait plus au monde normal, elle échappait aux lois du commun, elle devenait intouchable.

« Le système est simple, expliquait l'homme, il a été conçu pour vous contraindre à MARCHER. Tout ce que vous emporterez est régi par cette même loi, ce même principe. On va sceller à votre cheville gauche un bracelet/compteur électronique qui comptabilisera vos pas et la distance que vous parcourrez chaque jour. Sa fonction réelle est de vérifier que vous marchez bien un minimum de huit heures par jour en respectant un certain rythme au lieu de vous vautrer toute la journée sur un divan ou de vous tourner les pouces en regardant le plafond... Si par hasard cela arrivait, votre carte d'alimentation serait automatiquement démagnétisée pour toute la durée de votre immobilité. C'est-à-dire que les distributeurs de tablettes

nutritives ne vous délivreraient plus aucun ali-
ment ou boisson, et ceci jusqu'à ce que vous
vous soyez remise en marche. »

Elle l'avait bien sûr assailli de questions aux-
quelles il avait répondu tant bien que mal. Selon
lui, l'usage du bracelet témoin visait à écarter
les marginaux de toutes sortes alléchés par la
perspective d'être nourris aux frais de l'administration pour le reste de leur vie.

« C'est une sorte de gendarme portatif, avait-
il conclu avec un gros rire, il évite à pas mal de
petits malins, une fois livrés à eux-mêmes, d'être
en proie à la tentation de se coucher sur une
banquette pour roupiller six jours sur sept ! En
ce sens, c'est une machine très morale ! »

L'anneau-espion avait d'autres fonctions :
nanti d'un micro-mémoire, il enregistrait les
descriptions de l'inventaire comme un magnétophone dont la bande magnétique aurait été
dotée d'une durée illimitée ; de plus chaque
mètre parcouru correspondait à une unité/dol-
lar venant s'inscrire dans une petite fenêtre à
dix chiffres semblable au cadran d'une calcula-
trice de poche. Ainsi le marcheur pouvait à tout
instant vérifier d'un simple coup d'œil la somme
qu'il percevrait à son retour. Et cet aspect
euphorisant de l'objet tendait à effacer en partie sa fonction punitive initiale.

Le lendemain même, Elsy voyait se refermer
sur sa propre cheville le bracelet de chrome

incrochetable, et, un court instant, elle eut la très nette sensation d'être une esclave mise aux fers. Ce qui ne correspondait en rien à la réalité puisque, au contraire, la gourmette de contrôle représentait pour elle l'assurance de la liberté.

« Ne craignez rien », lui lança le militaire en lui frappant virilement sur l'épaule, « le métal est antiallergique ! »

Il avait abandonné le ton monotone dont il avait usé pendant toute la durée de l'instruction, et son visage lui-même paraissait à présent plus mobile, plus vivant.

« Un conseil », chuchota-t-il pendant qu'Elsy se rechaussait, « si vous avez un petit ami, profitez-en ce soir parce qu'à partir de demain c'est l'abstinence pour une durée indéterminée. »

Elsy répliqua qu'elle n'avait pas de petit ami et que la chasteté ne lui semblait pas un problème dramatique. Les longues années passées dans le lit de Georges lui avaient prouvé qu'elle était capable de dominer les tourments de la chair. Mais cela, le sergent ne pouvait pas le savoir.

Le lendemain, à l'aube, elle pénétrait dans le musée. L'instructeur l'attendait au centre du hall, et il insista pour passer lui-même au cou de la jeune femme le guide électronique qui, désormais, ne la quitterait plus.

« Vous pouvez le voir », expliqua-t-il en chuchotant comme s'ils s'étaient tous deux trouvés

84

au seuil d'une église, « il n'y a pas de bouton de mise en marche, ce qui veut dire que *vous ne pourrez pas l'activer lorsque vous en aurez envie* contrairement à tous les guides que vous avez pu utiliser par le passé. C'est le ministère lui-même qui décidera de la date de votre retour et qui procédera à sa mise en marche au moyen d'une onde-signal, vous ramenant alors vers la sortie. Jusque-là le boîtier restera muet. Ne vous avisez jamais de chercher à le bricoler, il est muni d'un dispositif d'autodestruction qui le rendrait immédiatement inutilisable... »

Il resta une seconde les bras ballants, gêné, puis se décida à lui broyer la main dans sa patte épaisse et calleuse.

« Je me demande vraiment ce qu'une poulette comme vous va faire dans un tombeau pareil », maugréa-t-il une dernière fois avant de tourner les talons.

Elsy le regarda dégringoler les marches blanches du musée. Elle se sentait bien. Elle n'avait pas peur, seule la toile rêche du treillis irritait sa peau trop fine pour un contact si rude. Elle était gagnée par une étrange impression à partir ainsi sans bagage ou presque, pour un si long voyage. Contre son sein gauche — dans la poche-poitrine surpiquée — il y avait le rectangle plastifié de la carte magnétique qui lui permettrait de survivre ; à son cou la chaînette de chrome retenant le guide... Elle se sentait presque nue.

D'un mouvement brusque elle pénétra dans la première salle du rez-de-chaussée. Aussitôt le bracelet-espion fit entendre un déclic, et, en relevant le bas de son pantalon, elle put voir que le cadran encore vide de chiffres venait de s'illuminer. L'inventaire commençait...

Combien de temps avait-elle marché ainsi ? Elle n'aurait su le dire, elle ne le saurait jamais. Elle avait peu à peu découvert qu'au-delà d'une certaine limite le temps s'immobilisait dans un présent perpétuel sans hier ni demain. Parfois sa perception temporelle subissait l'influence d'étranges aberrations et elle se réveillait au creux de la banquette de vinyle avec l'impression d'avoir dormi dix ans. À d'autres moments son départ lui paraissait dater de quelques semaines à peine. Mais elle n'était pas stupide, elle avait très rapidement remarqué que la carte magnétique ouvrait sur chaque distributeur un compartiment auquel les visiteurs ne semblaient pas avoir accès. Partant de là, il était facile d'imaginer que la nourriture réservée aux fonctionnaires du ministère de la Culture avait subi au préalable l'addition de drogues psychologiques destinées à chasser de leur esprit les relents dépressifs de la claustrophobie.

Elle avançait, dans le cliquetis ténu de l'anneau de contrôle, regardant sur sa cheville les chiffres remplir progressivement trois cases, puis quatre, puis cinq... À partir de cinq elle n'avait plus pris la peine de soulever la jambe de son battle-dress. Elle savait que l'appareil convertissait les mètres en kilomètres et elle préférait rester dans l'ignorance de la distance parcourue. Elle avançait...

C'était une vie étrange, vouée à l'étude, monacale pourrait-on dire, à laquelle ses années d'université l'avaient somme toute bien préparée. Elle marchait, chuchotant comme une prière les descriptions des pièces accumulées au long des rayonnages. La nuit elle utilisait une partie de son temps de repos pour échafauder des théories esthétiques qu'elle énonçait ensuite à voix haute, espérant que les enregistrements ainsi réalisés pourraient intéresser les spécialistes du ministère. Aucun incident notable ne venait troubler ses journées.

Une fois par semaine elle lavait le treillis dans le lavabo de la cabine-toilette de la salle où elle venait à passer. Parfois elle prenait une douche, ou se lavait les cheveux (sans trop savoir pourquoi puisqu'elle ne rencontrait jamais personne et que, dès lors, son aspect extérieur devenait sans importance). Douze mois s'écoulèrent en une suite de journées toutes semblables les unes aux autres. Elle se trouvait bien, soulagée des tracas quotidiens, des corvées de pluches ou de vaisselle. Souvent elle se prenait à rêver qu'elle effectuait l'inventaire des collections précieuses d'un prince — voire d'un empereur — puissant et cruel, mais qui saurait la récompenser de son dévouement en temps utile.

Elle marchait.

Elle devait à présent évoluer très loin de son point de départ, et rien pourtant dans l'architecture du musée n'annonçait une fin prochaine de ses travaux. La première année se passa ainsi sans qu'elle en eût conscience ; la seconde — au contraire — fut marquée de quelques incidents qui vinrent rompre agréablement la monotonie des journées.

Ce fut d'abord la découverte d'un cadavre en treillis au pied d'un distributeur de nourriture. Le corps, décomposé depuis longtemps, avait pris l'allure d'une momie de cuir sec. En s'agenouillant près de la dépouille, Elsy s'aperçut que les ongles de l'homme avaient creusé de grandes éraflures fiévreuses sur la peinture de l'appareil et elle en vint à penser que l'inconnu était probablement mort d'inanition à quelques centimètres de milliers de tablettes protéinées après avoir (pour une raison difficile à préciser) perdu ou détérioré son badge d'alimentation magnétique. Un frisson désagréable la parcourut, pour la première fois depuis des mois elle prenait conscience des dangers de l'inventaire, et elle ne put s'empêcher de tâter le rectangle de plastique à travers le tissu de son battle-dress. Comme elle était épuisée, elle dut se résoudre à boire et manger à quelques mètres du cadavre, consciente de ce qu'une telle situation avait de tristement ironique.

Une autre fois, elle eut la surprise d'entendre éclater, une centaine de mètres sur sa droite, les pleurs suraigus d'un enfant... Corrigeant son itinéraire en fonction de cet élément nouveau, elle découvrit, se traînant à une vitesse de limace au travers d'une salle gigantesque, une fille de son âge, l'abdomen déformé par une grossesse déjà avancée, qui remorquait par la main un garçonnet de deux ou trois ans nu et couvert de poussière. Elles restèrent une seconde immobiles à se regarder dans les yeux, comme si chacune d'entre elles s'était crue jusqu'alors la dernière de son espèce.

« Il a faim », murmura la fille dont le treillis ouvert offrait le spectacle d'un ventre ballonné, distendu, couvert de fins réseaux de vaisseaux sanguins éclatés, et de seins gonflés par une lactation déjà abondante. Puis comme Elsy ne trouvait rien à répondre, elle ajouta : « Je m'appelle Marie, lui c'est Jacques. » Un peu plus tard elle répéta encore une fois « Il a faim » comme si elle cherchait à s'excuser du vacarme dont elle était la cause.

« Tu es seule ? » murmura Elsy (et le son de sa voix, qu'elle n'avait plus l'habitude d'entendre à un volume aussi élevé, lui parut étrange et pour tout dire, inhumain). Marie hocha la tête, dans la lumière des néons son visage paraissait désespérément maigre.

« Il est parti il y a cinq ou six mois, chuinta-t-elle, je veux dire : il est mort. Il a voulu forcer les tiroirs d'un distributeur pour voler des rations supplémentaires. Le dispositif protecteur l'a électrocuté. » Elsy se mordit les lèvres ; le sergent l'avait longuement mise en garde contre la tentation du resquillage. La carte magnétique d'approvisionnement ne délivrait que trente-deux mille calories par jour réparties générale-ment selon le schéma : dix mille / douze mille / dix mille. Il était inutile d'espérer obtenir plus, toutes les opérations étant comptabilisées par un ordinateur central particulièrement vigilant.

« Toi aussi tu fais l'inventaire ? » interrogea Elsy pour faire dévier la conversation sur un terrain moins douloureux. La jeune femme la fixa sans paraître comprendre. « L'in

ventaire ? balbutia-t-elle, non je faisais les parquets, Paul nettoyait les tapis. Paul est mort, il a voulu forcer les tiroirs d'un distributeur pour voler des rations supplémentaires. Le sys-tème de protection l'a électrocuté. » Elle s'in-terrompit comme sous l'effet d'une subite illumination, puis lâcha :

« En fait, tout ça, c'est la faute du gosse. » Elle se tut et Elsy, en dépit de ses efforts, ne trouva rien à ajouter. Elle n'avait parlé à personne depuis maintenant plus d'un an, et à vrai dire la chose ne lui manquait guère. Elles se contentèrent de marcher côte à côte. Intrigué et impressionné par la présence d'Elsy, Jacques avait cessé de crier. « Il faut avancer, murmura soudain Marie, sinon la carte est recrachée par l'appareil...

— Mais tu dois avoir celle de ton mari, non ? remarqua Elsy.

— Non, un badge reste personnel et ne peut fonctionner que dans les mains de son titulaire. Ils ont fait ça pour éviter les vols entre fonctionnaires. De toute manière, quand quelqu'un meurt, sa carte est automatiquement démagnétisée par le bracelet témoin dès que celui-ci a constaté l'arrêt du cœur. »

Elles avaient progressé ainsi jusqu'au soir, jusqu'à l'oasis du distributeur de rations, et Elsy avait abandonné sa part à l'enfant tout en se demandant comment le gosse se débrouillerait pour survivre si sa mère venait à mourir subitement. Puis elle pensa à l'accouchement de Marie. Sitôt le nouveau-né jailli de son ventre, elle devrait se remettre debout et avancer, marcher, si elle voulait manger... Et lorsque ses seins auraient rendu leur dernière goutte de lait, elle se trouverait obligée de nourrir les deux petits sur sa seule et unique ration... À ce train combien de temps conserveraient-ils la force d'assurer la moyenne exigée par le bracelet témoin ?

Cette nuit-là, Elsy dormit très mal et mille rêves l'assaillirent, où elle se voyait, nue, errant tel un spectre décharné de salle en salle un gamin pendu à chaque mamelle. Lorsqu'elle se réveilla, poisseuse de sueur, Marie et Jacques avaient disparu. Les jours suivants, et ce pendant près d'une semaine, elle prit l'habitude de crier leurs noms toutes les demi-heures. Elle tendait ensuite l'oreille, espérant une réponse, mais celle-ci ne vint jamais.

Le souvenir de cette aventure s'estompa progressivement dans l'esprit de la jeune femme, pourtant elle en conserva toujours la terreur de l'immobilité et une peur phobique de l'accident. Lorsqu'elle se découvrait au sommet d'une volée de marches qu'elle allait devoir descendre pour poursuivre sa route, elle ne pouvait s'empêcher de penser à ce qui arriverait si elle venait à déraper subitement sur une marche trop cirée. Elle s'imaginait alors, la jambe déchiquetée par une fracture ouverte, écroulée au creux d'une banquette, incapable de poser un pied par terre sans aussitôt hurler de souffrance. Elle mourrait très rapidement, elle en était sûre, minée par la fièvre, la gangrène et la faim. Rien n'était prévu pour les affections graves, tout juste arrivait-on à trouver au fond des armoires de toilette des cabines-douches quelques comprimés fébrifuges, encore se révélaient-ils le plus souvent périmés depuis fort longtemps.

« Le musée est un milieu parfaitement sain, avait expliqué le sergent, l'air est filtré, garanti sans virus, bactérie ou autres microbes. La température y est constante et confortable. L'architecture assure une absence totale de courant d'air. En fait il est impossible d'y être malade. Dès lors rien n'a été prévu pour le conditionnement et l'acheminement de médicaments. De plus, les fonctionnaires dépêchés sur les lieux sont censés être en parfaite santé. La nourriture elle-même est parfaitement équilibrée. Vous savez comme moi que ces nouvelles protéines végétales sont imputrescibles. On peut les stocker et les manger mille ans plus tard sans problème ! Pas de date de péremption à respecter ! »

À la lumière des derniers événements, la jeune femme se sentait moins en sécurité qu'elle ne l'avait tout d'abord pensé, et au plus fort d'une crise d'angoisse il lui arrivait de descendre ou de monter un escalier à quatre pattes. Parfois dans un sursaut de fierté, elle réagissait. « J'irai plus loin que personne n'est jamais allé ! » se prenait-elle alors à rêver, mais la voix du militaire lui disait en écho : « De toute manière, dites-vous bien que vous ne vivrez jamais assez vieille pour tout visiter ! »

Autrefois elle avait ri des craintes de Georges,

aujourd'hui elle se rendait compte que le musée avait les dimensions d'une véritable ville. Une ville dont elle aurait été chargée de dresser l'inventaire complet sans oublier une seule chambre de bonne, un seul placard, une seule cuiller à café... Pourtant lorsqu'on arrivait à oublier l'aspect « danaïdien » de la tâche, force était de reconnaître que le bâtiment constituait une sorte de monde parallèle et reposant. Une matrice coupée de l'extérieur, imperméable, protectrice et enveloppante. Elsy se souvenait de ses angoisses de jadis quand un quelconque speaker crachotait dans le haut-parleur du transistor les habituelles nouvelles apocalyptiques sur l'état du monde et la montée en flèche des ventes d'abris anti-atomiques. Elle se revoyait, courant de kiosque en kiosque, achetant hebdomadaire sur hebdomadaire, les feuilletant fiévreusement à la recherche d'un oracle de paix que personne ne pouvait hélas lui donner. La foule lui faisait horreur, le grouillement urbain ne lui apparaissait plus que comme une sourde menace. « Tous ces gens ! se prenait-elle alors à penser, trop nombreux ! Ils sont trop nombreux ! »

Il lui arrivait de rêver qu'en se réveillant un beau matin elle se découvrait seule survivante d'une cité décimée par une mystérieuse épidémie...

Ainsi le musée, avec ses couloirs vides, ses

places désertes, concrétisait-il ses vieux phantasmes de nécropole.

Pourtant, à la fin de la deuxième année, une certaine lassitude commença à se faire jour en elle. Mais peut-être était-elle fatiguée ? Elle avait beaucoup maigri ces derniers temps, et, la nuit, des cauchemars informes et repoussants venaient l'arracher au sommeil, réduisant parfois son temps de repos de moitié, voire des trois quarts. Les chaussures donnaient des signes de fatigue et elle voyait approcher le moment où elle devrait continuer pieds nus. C'est alors que, subitement, au détour d'une pièce, elle trouva les premiers vêtements. Oh ! peu de chose pour débuter : une veste de treillis jetée en travers des marches d'un escalier, une paire de brodequins abandonnés au sommet d'une vitrine... Puis d'autres vestes, des pantalons, des costumes entiers de fonctionnaires que leurs propriétaires avaient jetés là, n'importe où pour s'en aller nus vers quelque destination mystérieuse. Perplexe, elle dérivait d'un îlot de chiffons à l'autre, retenant le cri d'appel qui montait dans sa gorge. Pour finir, elle buta sur un monceau de cartes magnétiques d'approvisionnement qui jonchaient en un tapis bruissant et coloré le parquet d'une salle consacrée à une exposition d'épaves de trois-mâts. En se baissant elle put constater que tous les rectangles de plastique avaient été brisés en deux, volontairement...

Un peu plus loin elle releva sur un mur un nombre incroyable d'impacts d'explosions, comme si l'on avait criblé la maçonnerie de rafales de fusil-mitrailleur, et ce n'est qu'en s'approchant davantage qu'elle découvrit l'entassement noirci des guides électroniques qu'on avait délibérément fracassés contre la paroi, provoquant du même coup leur autodestruction. Et cela formait un véritable cimetière de boîtiers carbonisés, tordus, définitivement inutilisables. Plus elle avançait, plus elle avait la sensation de parcourir les cercles successifs d'un étrange itinéraire initiatique fait de renoncements à première vue démentiels. Ainsi les cartes d'approvisionnement mises en pièces impliquaient le rejet définitif de la nourriture ; les guides brisés : le refus de revenir en arrière. Et, un court instant, elle se demanda si elle n'assistait pas au cérémonial de quelque monstrueux suicide collectif.

Au même moment elle pénétra dans la zone d'ombre. Si elle avait lu la plaque explicative rivetée à l'entrée du hall, elle aurait su qu'elle venait de mettre le pied dans une tentative de reconstitution de l'obscurité de l'hyper-espace...

Mais elle n'avait pas lu la plaque, aussi eut-elle la certitude de basculer dans le gouffre du néant. C'était une noirceur sans égale dont on hésitait à dire si elle était « insondable » ou au contraire compacte et solide, où l'on n'arrivait plus à déterminer si l'on flottait à la dérive à travers l'espace infini d'un ciel en perpétuelle extension, ou si — à l'opposé — on se trouvait emmuré au cœur d'une muraille cyclopéenne comme ces insectes coulés au sein d'énormes blocs de résine transparente et qu'on peut voir sur les étagères des musées d'histoire naturelle.

Elle battit des bras, ne sachant plus si elle devait marcher ou voler. Une vague de vertige la renversa et elle bascula en avant... Durant une fraction de seconde elle pensa qu'elle allait tomber ainsi pendant des jours et des jours, aussi fut-elle surprise de heurter le sol avant même d'avoir pu formuler réellement cette pensée. Sa bouche rencontra une autre bouche, des lèvres remuèrent contre ses dents en égrenant les paroles d'un quelconque message... « Nous sommes le grand tout, disait la voix, viens prendre ta place au sein de l'ultime architecture. Viens... »

La panique la rejeta en arrière et elle se retrouva en pleine lumière dans la salle aux galions moisis, les yeux blessés par l'éclat des néons. Elle s'aperçut qu'elle tremblait de la tête aux pieds, en proie à un véritable choc nerveux, et elle dut se rouler en boule pour tenter de fuir cette irrépressible sensation de froid qui tombait sur elle, pour tenter de retenir la chaleur vitale qui semblait s'échapper de son corps par chaque pore de sa peau. Finalement elle réussit à se traîner jusqu'à la cabine-douche toute proche et à se jeter sous le jet brûlant réglé à la température la plus élevée. Une demi-heure plus tard, la peau rougie et douloureuse, elle avait récupéré ses esprits. Elle se débarrassa de la gangue extraordinairement pesante du treillis gorgé d'eau et, seulement vêtue du bracelet-espion et du guide électronique qui se balançait entre ses seins, pénétra une seconde fois dans la zone d'ombre. Sous ses doigts les parois se révélèrent couvertes de spongiosités écœurantes, poudreuses, crevant au moindre contact. Des champignons probablement, nés de l'humidité et de l'haleine de ces respirations dont elle percevait le flux et le reflux, puissants, cadencés, et pourtant si proches du sommeil, de la perte de conscience. Elle se baissa, les paumes tendues en aveugle, rencontra une hanche, le sexe d'un homme allongé sur le dos. Les mains de l'inconnu, rejetées au-dessus de sa tête (de façon que — ainsi disposés — ses bras et ses jambes forment l'image d'un grand X couché) se refermaient sur les chevilles de deux femmes serrant elles-mêmes dans chacune de leurs mains les articulations d'un autre gisant, qui, lui-même... Elsy sentit le vertige revenir. C'était un tapis d'hommes et de femmes s'entrécartelant, s'entrecrucifiant à l'infini, tous couchés sur le dos, nus et immobiles. Elle se redressa et entreprit d'avancer, fascinée, enjambant les corps les uns après les autres, avec l'incroyable sensation de se déplacer sur un damier vivant. Parfois elle se courbait, palpant un ventre dans la nuit, effleurant une bouche qui soudain s'animait sur des paroles toujours semblables...

« Viens avec nous. Nous sommes la fin de l'errance. La fin des différences, la fin de l'individu. Le début du TOUT... »

Elsy avançait, frôlant des humains, mâles ou femelles, soudés par le lien de leurs doigts en un bloc rassurant et tranquille. Subitement elle prit conscience de la solitude terrible où elle se trouvait jetée, seul être voué à l'errance dans ce monde d'unité. Elle était là, sans attaches, à la dérive. Et toute sa vie lui apparut soudain placée sous le signe de l'errance et de la perdition... « Tu es un bateau fantôme », murmura une bouche tout près d'elle. « Nous serons tes amarres », chuchota une fille qu'elle ne pouvait voir... « Cherche et trouve ta place dans le grand tout », souffla un chœur invisible. Prise de panique, elle se mit à courir, piétinant ceux qu'elle s'obstinait encore à vouloir dominer, réalisant la fragilité de la station verticale. Elle galopait, trébuchait. S'affalait, roulait, fuyant les voix et la fascination que faisait naître en elle cette incroyable communauté d'êtres immobiles, prisonniers les uns des autres. Lorsque enfin elle se laissa tomber sur le sol, épuisée, ruisselante de sueur, le cœur battant à tout rompre, elle se rendit compte qu'elle ne savait plus où se trouvait la porte d'entrée. Elle était perdue.

« C'est comme ça que tout a commencé, chuchota une femme dont elle sentait les lèvres remuer contre sa cuisse nue, les premiers se sont égarés dans la salle involontairement, et l'obscurité ne leur a pas permis de retrouver la sortie, alors, après s'être heurtés par hasard, ils ont décidé de ne plus se séparer et de se tenir les mains jour après jour. Et lorsque après avoir cherché la sortie en vain durant plusieurs années ils ont réalisé l'inutilité d'une telle tâche, ils se sont couchés pour attendre, et le premier maillon a été formé. Les autres sont venus ensuite, lentement. Volontairement. Car il n'y a pas d'autre solution. »

Elsy se redressa, fuyant la voix, brisée par la fatigue et la faim. Elle pensa à la carte magnétique dans la poche du treillis, quelque part de l'autre côté de ce cube de nuit si épaisse que la lumière provenant de la salle des galions ne parvenait pas jusqu'à elle. Durant de longues minutes elle scruta le néant sans jamais percevoir la moindre forme, c'était à douter d'avoir des yeux, et elle ne put résister au besoin de toucher ses paupières pour s'en assurer. La faim striait son ventre d'élancements douloureux, elle se demanda comment les êtres couchés faisaient pour ne pas mourir d'inanition mais elle ne réussit pas à trouver de réponse satisfaisante.

Finalement — et par le plus grand des hasards — elle se retrouva en pleine lumière, entre les masses rongées de l'armada fantôme.

Elle était revenue par miracle à son point de départ.

Son premier réflexe fut de courir récupérer le carré de celluloïd dans la poche-poitrine de l'uniforme maintenant sec et de l'enfoncer fébrilement dans la fente de l'appareil distributeur.

Curieusement, son appétit tomba dès la deuxième bouchée avalée et la voix inconnue vint chanter à sa mémoire quelques mots qu'elle s'efforça aussitôt de refouler : « Il n'y a pas d'autre solution. »

La nuit s'écoula sans qu'Elsy ait pu fermer l'œil une seconde. Le rectangle de ténèbres découpé dans la paroi par la porte d'accès l'hypnotisait. Ainsi un univers fœtal avait pu s'installer au sein d'un autre univers fœtal, et le musée se révélait pareil à une poupée gigogne aux emboîtements multiples. Elsy avait conscience qu'il lui aurait été facile de se mettre aussitôt en marche, d'éviter la salle fatidique en bifurquant à droite ou à gauche, au hasard des couloirs, et d'oublier ce centre maudit, ce maelström qui semblait invinciblement attirer les fonctionnaires errant dans l'édifice. Peut-être même aurait-elle dû obturer l'ouverture béante afin d'éviter que le puits d'oubli ne fasse de nouvelles victimes ? Il aurait suffi pour cela de déplacer une vitrine ou une tenture et de s'en servir pour masquer le seuil du piège. Mais elle savait déjà qu'elle n'en ferait rien...

Vers le matin, épuisée par les chocs nerveux qu'elle venait de subir, elle sombra dans un sommeil hérissé de cauchemars d'où elle émergea en suffoquant. Désormais sa résolution était prise. Elle détacha le guide électronique qui ballottait entre ses seins et le jeta de toutes ses forces contre le mur criblé d'impacts. L'appareil rebondit dans un nuages d'étincelles et Elsy le vit exploser une seconde avant qu'il ne touche le sol. Des vis sifflèrent autour d'elle, étoilant les glaces les plus proches. Pour finir, elle saisit la carte magnétique à deux mains et la plia jusqu'à ce qu'elle se brise comme un microsillon soumis à une torsion brutale. « Je suis complètement folle », pensa-t-elle en contemplant le morceau de plastique rompu dont les éclats avaient entaillé ses doigts. Elle se mit à sucer le sang perlant aux coupures en songeant que c'était peut-être là le dernier repas qu'elle prenait, puis elle bondit dans l'obscurité vers le grand Tout...

Encore une fois, elle courait en enjambant les corps. Elle voulait se perdre. Réellement. Totalement... À bout de souffle elle se laissa tomber en hurlant comme si elle devait se faire entendre du bout de l'univers : « Je suis venue. Indiquez-moi ma place ! » Elle dut répéter son injonction à plusieurs reprises pour qu'enfin une voix lointaine se lève dans la nuit : « Ici ! »

Durant les trois jours qui suivirent, ce simple mot crié à intervalle régulier fut pour elle comme un phare pour un navire en perdition. Elle avançait, l'esprit crispé sur la voix uniforme, monocorde, lançant son appel comme un signal « Ici... ». Elle avançait, les jambes rompues, malade de fatigue, cherchant à se rendre compte si le cri devenait plus net ou s'il s'estompait, si elle marchait dans la bonne direction ou si elle s'égarait. Elle avançait...

Enfin, au moment où elle s'y attendait le moins, une paume se posa sur son genou, la stoppant net dans la course. « Ici » fit une dernière fois l'invisible. Elle s'écroula. À droite et à gauche deux mains happaient le vide à sa recherche, ouvrant et refermant leurs doigts comme des plantes carnivores. Elle les sentit parcourir ses cuisses, son ventre. « Elle est jeune », dit quelqu'un à gauche. « Qu'elle prenne sa place ! » répondit quelqu'un à droite. Comme elle tendait les bras en avant, Elsy rencontra la masse glacée d'un corps raidi par la mort, et elle ne put s'empêcher de pousser un cri. « C'est Esther, murmura une bouche tout près d'elle, elle est morte, enterre-la et prend sa place... » Sans plus réfléchir elle se mit à racler avec ses ongles la terre meuble du sol qui rappelait par sa consistance molle et pulvérulente les sillons des champignonnières. Elle n'eut aucun mal à creuser sous les reins froids et ridés une cavité profonde où le cadavre finit par s'enfoncer et disparaître. Puis, le trou comblé, elle se redressa pour piétiner l'espace comme elle l'avait vu faire jadis au cinéma ou à la télévision... Et elle s'allongea, sur cette couche d'humus et de moisissure, goûtant le contact rude et puissant des doigts calleux qui se refermaient sur ses chevilles comme des bracelets de fer. Lançant ses mains au-dessus de sa tête à la recherche des pieds la surplombant et qu'elle devait verrouiller à son tour. Elle se coucha, se crucifia, s'écartela dans les ténèbres du grand Tout. Et il lui sembla soudain que toute sa vie n'avait consisté qu'en l'attente de cet unique moment.

Elle n'avait plus d'âge, plus de nom. Elle ne savait même plus où elle se trouvait. Le monde entourant le musée et le musée lui-même lui apparaissaient si éloignés qu'ils en perdaient toute crédibilité, qu'elle en venait à douter de leur existence réelle. Elle ferma les yeux. Elle n'aurait plus à marcher, à comptabiliser les heures et les kilomètres. Elle avait découvert un œuf au centre de l'œuf, une coquille plus épaisse, plus solide que la première et elle s'y installait avec une joie sensuelle, un épanouissement corporel dépassant tout ce que le sexe avait pu lui apporter au cours de ces dernières années.

Lorsqu'elle rouvrit les paupières, elle eut conscience qu'elle avait perdu la notion du temps. Elle n'aurait pas été capable de préciser depuis combien de jours elle se trouvait ainsi, couchée quelque part au centre du filet humain, offerte à la nuit...

« Mais je n'ai pas faim... » se surprit-elle à constater à mi-voix. C'était vrai, son estomac ne l'assaillait d'aucun tiraillement, et pourtant elle était sûre de n'avoir rien absorbé depuis plusieurs semaines. Ses doigts serrés sur les chevilles encadrant sa tête ne donnaient aucun signe de lassitude.

« Ce sont les champignons, murmura une voix enrouée quelque part au-dessous d'elle, les champignons qui tapissent les parois et le plafond, leurs spores tombent sur nous comme une pluie permanente. Une pluie de protéines végétales revitalisantes. Elles réhydratent notre peau, alimentent notre chair et nos muscles par simple pénétration épidermique. C'est comme si pour manger il vous suffisait de déboucher un tube de nourriture et de vous masser avec son contenu...

— Mais alors nous sommes des plantes ! » ne put-elle s'empêcher de crier. Des « chut ! » agacés fusèrent dans le noir, et, pendant une seconde, elle eut la sensation de se trouver dans un cinéma ou une salle de concerts. Cette fois personne ne répondit à son interrogation, et elle dut désormais se contenter de ses seules observations pour satisfaire sa curiosité. Son interlocutrice n'avait pas menti. Très rapidement, sa sensibilité épidermique décuplée par les ténèbres apprit à discerner le contact ténu et pratiquement impalpable des spores sur sa peau. C'était comme une averse qui, précipitant la circulation du sang dans ses veines, aurait fait naître en elle une légère fièvre. Elle imaginait les bouleversements économiques qu'aurait entraînés une pareille pluie nourrissante à « l'extérieur », vouant les populations au naturisme, les condamnant à l'obésité en cas d'averses trop fréquentes. Elle voyait les femmes s'abritant sous le rempart de « parapluies de régime », d'imperméables « amincissants ». Elle voyait les restaurants fermer leurs portes pour cause d'absence d'appétit, les industries alimentaires faire faillite, les pudiques mourir de faim. Elle entendait les prières récitées « ... donnez-nous aujourd'hui notre pluie de chaque jour », la météo annoncer « nourriture copieuse sur l'Est et le Bassin parisien. Disette dans le Midi et famine sur la Corse ». Alors, cachée par l'obscurité, elle se laissait aller à de grands rires silencieux dont les frémissements, courant de main en main, se communiquaient bientôt à tout ceux qui l'entouraient. « Ma bouche ne sert plus à rien, chantait-elle mentalement, ni ma langue, encore moins mes dents, mon œsophage ou mon estomac ! » Son ventre ne recelait plus que quelques mètres de tuyaux aussi vides qu'inutiles, voués désormais au rétrécissement progressif. Nourrie de « l'extérieur », elle se trouvait à présent libérée de toute fonction excrétoire et sa vessie comme ses intestins n'exerçant plus leur habituelle tyrannie sur ses sphincters, elle en venait parfois à douter d'avoir un sexe ou un anus. « Je suis déshumanisée, se murmurait-elle alors, immatérielle. » Ce qui était parfaitement faux puisque son corps — s'il ignorait maintenant le problème des déchets — n'avait fait en réalité que troquer un système d'alimentation contre un autre. Avec le temps, elle comprit que les spores semblaient associer à leurs capacités nutritives certaines vertus qu'il était difficile de ne pas qualifier d'hallucino-gènes, et elle laissa son esprit rouler au gré de la mer d'images déferlant sur son cerveau, elle dérivait entre les bourgeonnements géométri-ques, les aberrations spatiales ou temporelles. Elle coulait... coulait.

Elsy était étendue sur le dos depuis des temps immémoriaux et les mains qui serraient ses mollets depuis des mois, les doigts qui serraient ses chevilles depuis des années peut-être lui communiquaient leur force.

« Je suis une étoile de mer », pensa-t-elle confusément et elle remua les hanches de droite à gauche, creusant la terre au mépris des silex

107

dont elle sentait les arêtes coupantes l'effleurer au travers des callosités recouvrant son dos et ses lombes.

« Je suis une étoile de mer. »

3

Georges aurait voulu porter des œillères. Deux plaques de cuir ou de métal harnachées de chaque côté de ses joues et limitant son champ de vision à un étroit chemin juste assez large pour ses pieds. Chaque fois qu'il abordait l'escalier monumental du musée, il aurait aimé amputer son regard de toute perspective, de toute échappée, pouvoir le réduire à cet itinéraire étriqué qui le conduisait du parking jusqu'au hall d'entrée, les yeux fixés sur le cuir mal ciré de ses chaussures. Le bâtiment éveillait en lui une nausée indéfinissable proche de l'agoraphobie. Une ivresse malsaine, plutôt un vertige, né de l'alignement parallèle des degrés, de leur blancheur aveuglante sous le soleil. Parfois il avait l'impression que l'escalier, tel un accordéon immaculé, allait se déformer sous ses pas, gonfler, rouler, se distendre en une cacophonie monstrueuse qu'il serait seul à entendre et qui le jetterait là, au beau milieu du trottoir après que les marches — devenues brusquement molles — auraient charrié son corps comme celui d'un noyé ballotté par les vagues.

Une nouvelle fois il franchit la limite des hautes portes vitrées antiballes pour semer l'écho de ses pas au hasard des salles vides. Tenant sous son bras son uniforme de visiteur, toujours le même avec le boudin kaki du sac de couchage roulé à la hâte, les deux cartons de bière brune fortement alcoolisée, les...

Comme chaque fois, la fresque mésopotamienne l'arrêta au seuil du labyrinthe. « Haménotheb part pour Ninive... » C'était comme un mot de passe dont il ne percerait jamais le secret, l'invocation de la caverne d'Ali-Baba, l'obole nécessaire pour passer le fleuve des morts. Et, pourquoi pas ? un test initiatique... « Haménotheb part pour Ninive... »

Un jour Georges finirait bien par trouver le cheval perdu, quelque part dans les replis d'une étoffe, la boucle d'une chevelure, la découpe d'une oreille, le tracé d'un grain de beauté, le...

Oui, un jour...

En attendant, il reviendrait ponctuellement comme un candidat au suicide qui, chaque semaine, s'avance jusqu'à l'extrême bord de la falaise d'où il ne se décide jamais à sauter comme pour s'habituer à ce geste ; mécaniser ses pas de manière que cette dernière enjambée devienne progressivement une sorte de réflexe totalement détaché de sa conscience. Un automatisme.

Parfois il se plaisait à imaginer qu'une nuit, devenu subitement somnambule, il quitterait le cocon froissé du sac de couchage pour se mettre à errer au hasard des couloirs et des escaliers, s'éloignant de plus en plus de la sortie. Se PERDANT définitivement, totalement... Lorsqu'il se réveillerait, le matin, il se rendrait compte alors avec effroi et bonheur que sa marche inconsciente lui avait fait franchir la limite des territoires familiers, le jetant dans un labyrinthe prodigieux seulement vêtu d'un pyjama de flanelle bleue. Oui, en vérité, ç'aurait été là une solution idéale ; malheureusement il n'avait jamais été sujet aux crises de somnambulisme.

Pourtant il se plaisait à flâner « au bord du gouffre », à contempler, debout au seuil de l'ultime salle connue, la perspective qui s'ouvrait devant lui, comme un touriste qui hasarde prudemment le nez dans l'ouverture d'une caverne donnant accès à une monstrueuse enfilade de bulles rocheuses hérissées de concrétions calcaires, comme le passager qui n'ose pas regarder par-dessus le bastingage du navire qui le porte, terrifié à la seule idée d'entrevoir par temps d'eau claire l'ombre des abîmes marins prêts à l'avaler. Et il se cramponnait aux montants de la porte, de tous ses doigts, de tous ses ongles, comme si une vague écumeuse et roulante venue du fond d'un couloir allait venir le happer, l'entraînant sans relâche, toujours plus loin, avant de l'abandonner, de le rejeter sur la grève d'une moquette, dans une île de vitrines inconnues dressées tels des écueils.

À d'autres moments il se laissait aller à des jeux beaucoup plus pervers dont il n'entrevoyait pas lui-même la véritable signification.

Prendre l'empreinte de la clef ouvrant les vitrines et la faire exécuter en ville par un quelconque artisan ne lui avait guère demandé d'effort, et, certains soirs, lorsque la solitude faisait déferler sur lui sa marée de mélancolie, il tirait de sa poche le double de métal brun, et avec d'infinies précautions, déverrouillait une serrure.

C'était une sensation enivrante, une bouffée d'exaltation et de honte, un tremblement de peur et de joie. À ce moment il avait la certitude de ressentir successivement et dans l'ordre toutes les émotions d'un violeur de sépulture, d'un nécrophile. Il faisait doucement pivoter le panneau de verre épais, tendait la main, guettant le hurlement des sirènes d'alarme qui n'allait sûrement pas tarder à éclater, retenant son souffle. Un peu de bave coulait sur son menton, il lui semblait percevoir le bruissement de l'air, la respiration craquante du bois, le choc de chaque grain de poussière s'écrasant sur la vitre du battant... Et puis... Et puis rien. Le musée n'était pourvu d'aucun système de détection, tout se passait comme si on avait voulu préserver sa fragilité, sa vulnérabilité...

Georges posait alors les doigts sur un uniforme de papier de soie, une tenue léopard à laquelle ne manquait pas un bouton de carton. Avec une extrême lenteur il enfilait la veste et le pantalon de treillis, laçait à ses pieds les rangers de feutre bleu et marchait jusqu'au tank, conscient et heureux d'offrir l'image d'un combattant irrationnel, soldat d'une armée vouée à tomber sous les rafales d'une mitraille de duvet de cygne, à s'écrouler gazée par des effluves de lavande... À d'autres moments, il chaussait les pantoufles de béton, posait sur sa tête un chapeau melon de ciment et glissait ses bras dans les ouvertures d'une redingote de brique rouge. Il parcourait ensuite la salle de long en large, se blessant les chevilles, les aisselles et le front à cette armure démente.

Pourquoi agissait-il ainsi ? Tel un enquêteur fou qui se ferait un devoir d'enfiler les vêtements de la victime pour trouver la solution du mystère ?...

D'ailleurs il ne progressait pas d'un pouce. Au café, au bureau, au restaurant, il ne pouvait s'empêcher de lâcher des ballons-sondes. « Vous n'allez jamais visiter le musée ? Il paraît qu'il s'y trouve de très jolies choses... »

À chaque fois on le dévisageait comme s'il venait de proférer une absurdité. Les réponses ne variaient du reste pratiquement jamais et les deux raisons invoquées pouvaient se résumer ainsi :

   a) « On n'y comprenait rien... »

   b) « On avait peur de s'y perdre... »

À certaines périodes des éclairs de lucidité le traversaient impitoyablement, jetant sur le paysage de ses névroses une lumière sans concession. Non il n'irait jamais rejoindre Elsy. C'était un rite un peu trouble, un but artificiellement créé qui meublait le vide de son existence, et dans une certaine mesure il aurait dû être reconnaissant à la jeune femme de lui avoir ainsi donné une raison de survivre. À présent il avait son musée comme d'autres entretiennent un vice cachée ou un quelconque hobby...

Lorsqu'il serait vieux, très vieux, il louerait une petite bicoque juste en face de la volée de marches menant au bâtiment. Chaque matin il tirerait une chaise sur le pas de la porte et fixerait l'escalier, jusqu'au soir, attendant le jour où Elsy émergerait enfin du grand hall vitré. Vieillie, cassée, les cheveux blancs et rares. Peut-être la laisserait-il passer sans même la reconnaître ? Peut-être remonterait-elle la rue en boitillant sans accorder un seul regard à ce vieillard assis dans lequel elle n'arriverait plus à identifier celui qu'elle avait abandonné quarante ans plus tôt ?

Il lui faudrait prévoir cette éventualité, clouer au-dessus de sa tête un panneau avec son nom en toutes lettres, sa...

Oui, à présent il était sûr qu'elle ne sortirait pas avant longtemps. Depuis que les flics l'avait cueilli devant l'entrée du bureau, l'air froid, le visage fermé. Deux types, la quarantaine, le cheveu gras, dans des costumes froissés sentant le tabac.

« C'est bien votre épouse ? » avait jeté le plus grand en lui montrant une photo d'Elsy en compagnie d'une autre femme plus âgée, et terriblement maigre.

« Oui... »

Le reste ne l'avait même pas surpris. Elsy était recherchée depuis plusieurs mois pour meurtre qualifié. Des gosses en creusant dans le sable, là-bas quelque part du côté de Saint-Hool, avaient fini par découvrir le corps de Nellie Willoc, une artiste connue chez qui elle avait vécu un moment. Il ne faisait pas de doute que les deux femmes s'étaient querellées à mort. (On pensait même à une histoire de mœurs contre nature.) Georges avait renvoyé les deux fédéraux à la seule instance capable de faire sortir Elsy du musée : le ministère de la Culture. La tentative n'avait toutefois abouti à rien, le guide électronique de la jeune femme ne répondant pas aux sollicitations des techniciens.

« De toute manière, si elle ne veut pas revenir, avait conclu l'employé, le seul moyen est d'envoyer quelqu'un à sa recherche, vous êtes volontaire ? » Les deux flics avaient reculé comme si on venait de leur jeter de l'eau bouillante au visage. Ils étaient partis, laissant le mandat d'arrêt entre les mains de Georges.

« Si elle refait surface prévenez-nous, avaient-ils grogné avant de tourner les talons, ne vous faites pas complice d'un recel de malfaiteur. De toute façon la juridiction de l'État où a été perpétré le crime n'accepte aucune prescription, qu'elle sorte demain ou dans trente ans, c'est pareil ! Elle est bonne pour la chaise électrique... »

Georges trouva l'ironie plaisante : ainsi si elle venait à descendre l'escalier de marbre blanc en direction de la rue, Elsy ne ferait que troquer une condamnation à perpétuité contre une sentence de mort !

Depuis il conservait l'ordre d'incarcération dans la poche de sa veste comme un talisman. Il savait bien que cette nouvelle pièce du dossier aurait dû naturellement le pousser à rejoindre la jeune femme puisqu'il n'y avait plus désormais pour cette dernière de vie possible hors de l'enceinte du bâtiment. L'acte d'emprisonnement prenait soudain des allures de billet d'embarquement. Il avait son ticket, qu'attendait-il pour partir ? Rien ne le retenait... Ni parent ni ami... Rien. Alors ?

La nuit, dans le fouillis des draps, il lui arrivait souvent de se demander si le musée n'était pas, en fait, plus important que son contenu. « Un écrin de platine renfermant un caillou... » Où avait-il lu cette expression ? Il n'arrivait pas à s'en souvenir, pourtant nulle autre mieux qu'elle ne traduisait ses sentiments. Devait-on considérer l'édifice sous un angle résolument non pragmatique ? Voir en lui une nécropole, la tombe gigantesque de quelque géant enseveli selon le rite des anciens Égyptiens en compagnie de toutes ses collections ?

Ou bien un tombeau ? Un tombeau dont la salle des trésors aurait été protégée par tout un dédale de couloirs destinés à égarer les pillards, par un de ces enchevêtrements de mort comme en recèle le ventre des pyramides ? Quelle momie prodigieuse et maléfique dormait ainsi, perdue quelque part au cœur de la construction, entourée de ses biens les plus chers, défendue de toute violation par un réseau de pièges subtils où les fonctionnaires du ministère de la Culture ne manquaient jamais de venir se prendre ?

Mais peut-être fallait-il aller plus loin encore ? Beaucoup plus loin, oser prononcer le nom des labyrinthes sacrés de la mythologie païenne, se

116

demander quelle bête démoniaque attendait donc, par-delà le tracé des corridors, son tribut de chair humaine, se nourrissant des employés d'inventaires délibérément sacrifiés par la ville terrifiée à la seule idée que le monstre puisse un jour envisager de sortir de sa tanière pour prélever sa pitance sur la population ?

Pourquoi pas ?

Quelqu'un connaissait la réponse. Quelqu'un connaissait le secret : un homme dans l'ombre d'un bureau directorial, un préfet, un ministre, mais jamais aucune bribe de vérité, aucun fragment d'explication ne filtrerait hors de ses lèvres scellées, et Georges serait toujours condamné à quêter par ses seuls moyens un éclaircissement définitif. Il lui faudrait chercher du côté des bibliothèques universitaires, dans l'enfer poussiéreux des vieux livres à l'index, dans la jungle des thèses folles et inachevées pour cause d'internement de l'auteur, dans le cimetière des mémoires frappés d'interdiction, d'excommunication ou d'hérésie... Retrouver les grimoires dissertant sans honte aucune sur les trajets magiques des mages tibétains, les figures ésotériques des itinéraires sacrés d'où l'on peut sortir fou ou sage parce que l'on a décrit — souvent à son insu — un des hiéroglyphes fondamentaux de l'esprit humain. Ainsi il passait la plupart de ses soirées à échafauder des hypothèses de plus en plus délirantes, sautant d'une construction logique à une autre sans souci de la moindre articulation dialectique, étayant ses démonstrations à grands coups d'*a priori*...

À plusieurs reprises il avait fait un rêve dont les péripéties le terrifiaient : comme d'habitude il était assis en tailleur devant la fresque mésopotamienne, au milieu des boîtes de bière vides et des débris de sandwiches thon-tomate. Soudain entrait un enfant. C'était un gosse anodin, un écolier sûrement, en tablier gris, traînant un cartable élimé... Il s'arrêtait à côté de Georges, plissait les yeux une dizaine de secondes pour examiner la peinture murale puis éclatait de rire... « Là ! » s'écriait-il alors en pointant son doigt sur le cheval d'Haménotheb enfin retrouvé.

Georges s'était chaque fois réveillé en hurlant de frayeur.

C'était un rêve, rien qu'un rêve bien sûr, mais pouvait-il en négliger la part prémonitoire ? Si infime fût-elle ?

Un regard d'enfant, et d'enfant jeune, non encore englué dans la logique et les mécanismes rationnels du monde des adultes, réussirait-il à percer le secret de la devinette en l'espace de quelques secondes ? Si cela était, il n'aurait plus, lui, Georges, qu'à se tirer une balle dans la tête ou se crever les yeux pour plonger dans le dédale du musée en hurlant comme une bête !

Depuis, il conservait en permanence dans la poche de sa veste quelques clichés polaroïd du bas-relief qu'il avait lui-même exécutés au moyen d'un appareil de location. Lorsqu'il lui arrivait de rencontrer un garçonnet, au hasard d'un square ou d'un arrêt d'autobus, il lui glissait l'un des carrés de papier glacé dans la main et l'invitait, sous couvert d'un jeu, à retrouver le cheval perdu. Jusqu'à ce que le gamin rejette le cliché d'un air dégoûté, il connaissait alors des secondes d'angoisse indescriptible. Un jour, il en était sûr, il entendrait l'exclamation fatidique « Là ! », et il ne pourrait plus tergiverser. Il lui faudrait partir, avancer, marcher vers l'inconnu...

Tout dépendait de cet unique symbole...

Haménotheb part pour Ninive
... pour Ninive
Pour...

G. APOLLINAIRE — *Les Exploits d'un jeune don Juan* (Folio n° 3757)

Un roman d'initiation amoureuse et sexuelle, à la fois drôle et provocant, par l'un des plus grands poètes du XXe siècle.

ARAGON — *Le collaborateur* et autres nouvelles (Folio n° 3618)

Mêlant rage et allégresse, gravité et anecdotes légères, Aragon riposte à l'Occupation et participe au combat avec sa plume. Trahison et courage, deux thèmes toujours d'actualité...

T. BENACQUISTA — *La boîte noire* et autres nouvelles (Folio n° 3619)

Autant de personnages bien ordinaires, confrontés à des situations extraordinaires, et qui, de petites lâchetés en mensonges minables, se retrouvent fatalement dans une position aussi intenable que réjouissante...

K. BLIXEN — *L'éternelle histoire* (Folio n° 3692)

Un vieux bonhomme aigri et très riche se souvient de l'histoire d'un marin qui reçoit cinq guinées en échange d'une nuit d'amour avec une jeune et belle dame. Mais parfois la réalité peut dépasser la fiction...

S. BRUSSOLO — *Trajets et itinéraires de l'oubli* (Folio n° 3786)

Aux confins de la folie, une longue nouvelle vertigineuse par l'un des maîtres de la science-fiction française.

J. M. CAIN — *Faux en écritures* (Folio n° 3787)

Un texte noir où passion rime avec manipulation par l'auteur du *Facteur sonne toujours deux fois*.

A. CAMUS — *Jonas ou l'artiste au travail*, suivi de *La pierre qui pousse* (Folio n° 3788)

Deux magnifiques nouvelles à la fin mystérieuse et ambiguë par l'auteur de *L'Étranger*.

T. CAPOTE   *Cercueils sur mesure* (Folio n° 3621)

Dans la lignée de son chef-d'œuvre *De sang-froid*, l'enfant terrible de la littérature américaine fait preuve dans ce court roman d'une parfaite maîtrise du récit, d'un art d'écrire incomparable.

COLLECTIF   *« Leurs yeux se rencontrèrent... »* (Folio n° 3785)

Drôle, violente, passionnée, surprenante, la première rencontre donne naissance aux plus belles histoires d'amour de la littérature mondiale.

COLLECTIF   *« Ma chère Maman... »* (Folio n° 3701)

Ces lettres témoignent de ces histoires passionnées de quelques-uns des plus grands écrivains avec la femme qui leur a donné la vie.

J. CONRAD   *Jeunesse* (Folio n° 3743)

Un grand livre de mer et d'aventures.

J. CORTÁZAR   *L'homme à l'affût* (Folio n° 3693)

Un texte bouleversant en hommage à un des plus grands musiciens de jazz, Charlie Parker.

D. DAENINCKX   *Leurre de vérité* et autres nouvelles (Folio n° 3632)

Daeninckx zappe de chaîne en chaîne avec férocité et humour pour décrire les usages et les abus d'une télévision qui n'est que le reflet de notre société...

R. DAHL   *L'invité* (Folio n° 3694)

Un texte plein de fantaisie et d'humour noir par un maître de l'insolite.

M. DÉON   *Une affiche bleue et blanche* et autres nouvelles (Folio n° 3754)

Avec pudeur, tendresse et nostalgie, Michel Déon observe et raconte les hommes et les femmes, le désir et la passion qui les lient... ou les séparent.

W. FAULKNER   *Une rose pour Emily* et autres nouvelles (Folio n° 3758)

Un voyage hallucinant au bout de la folie et des passions les plus dangereuses par l'auteur du *Bruit et la fureur*.

F. S. FITZGERALD   *La Sorcière rousse*, précédé de *La coupe de cristal taillé* (Folio n° 3622)

Deux nouvelles tendres et désenchantées dans l'Amérique des Années folles.

R. GARY   *Une page d'histoire* et autres nouvelles (Folio n° 3753)

Quelques nouvelles poétiques, souvent cruelles et désabusées, d'un grand magicien du rêve.

J. GIONO   *Arcadie... Arcadie...*, précédé de *La pierre* (Folio n° 3623)

Avec lyrisme et poésie, Giono offre une longue promenade à la rencontre de son pays et de ses hommes simples.

W. GOMBROWICZ   *Le festin chez la comtesse Fritouille* et autres nouvelles (Folio n° 3789)

Avec un humour décapant, Gombrowicz nous fait pénétrer dans un monde où la fable grimaçante côtoie le grotesque et la réalité frôle sans cesse l'absurde.

H. GUIBERT   *La chair fraîche* et autres textes (Folio n° 3755)

De son écriture précise comme un scalpel, Hervé Guibert nous offre de petits récits savoureux et des portraits hauts en couleur.

E. HEMINGWAY   *L'étrange contrée* (Folio n° 3790)

Réflexion sur l'écriture et l'amour, ce court roman rassemble toutes les obsessions d'un des géants de la littérature américaine.

E. T. A. HOFFMANN   *Le Vase d'or* (Folio n° 3791)

À la fois conte fantastique, quête initiatique et roman d'amour, *Le Vase d'or* mêle onirisme, romantisme et merveilleux.

H. JAMES   *Daisy Miller* (Folio n° 3624)

Un admirable portrait d'une femme libre dans une société engoncée dans ses préjugés.

F. KAFKA   *Lettre au père* (Folio n° 3625)

Réquisitoire jamais remis à son destinataire, tentative obstinée pour comprendre, la *Lettre au père* est au centre de l'œuvre de Kafka.

J. KEROUAC   *Le vagabond américain en voie de disparition*, précédé de *Grand voyage en Europe* (Folio n° 3694)

Deux textes autobiographiques de l'auteur de *Sur la route*, un des témoins mythiques de la *Beat Generation*.

J. KESSEL   *Makhno et sa juive* (Folio n° 3626)

Dans l'univers violent et tragique de la Russie bolchevique, la plume nerveuse et incisive de Kessel fait renaître un amour aussi improbable que merveilleux.

R. KIPLING   *La marque de la Bête* et autres nouvelles (Folio n° 3753)

Trois nouvelles qui mêlent amour, mort, guerre et exotisme par un conteur de grand talent.

LAO SHE   *Histoire de ma vie* (Folio n° 3627)

L'auteur de la grande fresque historique *Quatre générations sous un même toit* retrace dans cet émouvant récit le désarroi d'un homme vieillissant face au monde qui change.

LAO-TSEU   *Tao-tö King* (Folio n° 3696)
Le texte fondateur du taoïsme.

J. M. G. LE CLÉZIO   *Peuple du ciel*, suivi de *Les bergers* (Folio n° 3792)

Récits initiatiques, passages d'un monde à un autre, ces nouvelles poétiques semblent nées du rêve d'un écrivain.

P. MAGNAN   *L'arbre* (Folio n° 3697)
Une histoire pleine de surprises et de sortilèges où un arbre joue le rôle du destin.

I. McEWAN   *Psychopolis* et autres nouvelles (Folio n° 3628)

Il n'y a pas d'âge pour la passion, pour le désir et la frustration, pour le cauchemar ou pour le bonheur.

Y. MISHIMA   *Dojoji* et autres nouvelles (Folio n° 3629)

Quelques textes étonnants pour découvrir toute la diversité et l'originalité du grand écrivain japonais.

MONTAIGNE   *De la vanité* (Folio n° 3793)
D'une grande liberté d'écriture, Montaigne nous offre quelques pages pleines de malice et de sagesse pour nous aider à conduire notre vie.

K. ÔÉ   *Gibier d'élevage* (Folio n° 3752)
Un extraordinaire récit classique, une parabole qui dénonce la folie et la bêtise humaines.

L. PIRANDELLO   *Première nuit* et autres nouvelles
                             (Folio n° 3794)

Pour découvrir l'univers coloré et singulier d'un conteur de grand talent.

R. RENDELL   *L'Arbousier* (Folio n° 3620)
Une fable cruelle mise au service d'un mystère lentement dévoilé jusqu'à la chute vertigineuse…

P. ROTH   *L'habit ne fait pas le moine*, pré-
                             cédé de *Défenseur de la foi*
                             (Folio n° 3630)

Deux nouvelles pétillantes d'intelligence et d'humour qui démontent les rapports ambigus de la société américaine et du monde juif.

D. A. F. DE SADE   *Ernestine.   Nouvelle   suédoise*
                             (Folio n° 3698)

Une nouvelle ambiguë où victimes et bourreaux sont liés par la fatalité.

L. SCIASCIA   *Mort de l'Inquisiteur* (Folio
                             n° 3631)

Avec humour et une érudition ironique, Sciascia se livre à une enquête minutieuse à travers les textes et les témoignages de l'époque.

P. SOLLERS   *Liberté du XVIIIème* (Folio n° 3756)
Pour découvrir le XVIIIème siècle en toute liberté.

M. TOURNIER   *Lieux dits* (Folio n° 3699)
Autant de promenades, d'escapades, de voyages ou de récréations auxquels nous invite Michel Tournier avec une gourmandise, une poésie et un talent jamais démentis.

M. VARGAS LLOSA   *Les chiots* (Folio n° 3760)
    Mario Vargas Llosa, écrivain engagé, raconte l'histoire d'un nau-
    frage dans un texte dur et réaliste.

P. VERLAINE   *Chansons pour elle* et autres poè-
                                   mes érotiques (Folio n° 3700)
    Trois courts recueils de poèmes à l'érotisme tendre et ambigu.